IDIOT

Classic Inc.

Von

Thomas Schwarz

Herstellung und Verlag:
BoD-Books on Demand, Norderstedt
ISBN: 978-3-7460-3406-5

1.

Was kann man von einer höheren Schule erwarten, in der sich alles um Naturwissenschaften dreht? Dass es ein Ort des Wissens ist, an dem man lernen kann? Dass sich alles um die Wunder dieser Welt dreht? Chemische Bindungen, physikalische Kräfte und die Biologie des Lebens. Ich weiß nicht, ob es wirklich darum ging ...

Meiner Meinung nach war es eine Ansammlung von gescheiterten Persönlichkeiten. Viele von ihnen haben ihren Frust an ihren Mitmenschen ausgelassen. Andere haben sich selbst gegeißelt. (Vielleicht auch nur ich.)

Ich bin einer von jenen, die im Alter von 14 Jahren an ebendiese Schule gekommen sind. Und die meisten waren und werden es immer sein – Idioten.

Es war kurz vor 8 Uhr und ich ging gerade in den ersten Stock meiner neuen Schule. Davor hatte ich in der Aula beim Aushang meinen Namen gesucht. Ich hoffte, dass ich richtig war, denn ich war schon etwas spät dran. Ich wollte keinen schlechten Eindruck machen. Ich hatte mich sogar richtig rausgeputzt. Ich trug eine saubere Hose und ein Hemd. Meine Punker-Uniform hatte ich zu Hause gelassen. Die Lehrer und Mitschüler sollten noch genug Zeit bekommen, mich wegen meines Aussehens zu verurteilen ...

Da stand ich also, im ersten Stock vor meinem neuen Klassenzimmer. Ich war nicht zu spät gekommen! Vor dem Klassenzimmer wartete eine Ansammlung von Menschen. Ich versuchte mir einen Überblick zu verschaffen. Das Erste, was mir auffiel, war die schlechte prozentuelle Verteilung der weiblichen Schüler. Ich dachte mir schon, dass auf eine Schule für Naturwissenschaften eher Typen hingehen, aber mussten denn die paar Mädels so ausschauen, wie sie nun mal ausschauten? Ich bekam eine Krise ...

Ich schaute mich weiter um und sah, dass viele mit ihren Eltern hier waren. War das normal? Mein Vater wäre nie mit mir hierhergekommen und meine Mutter hatte ich auch erst gar nicht gefragt. Irgendwie kam ich mir komisch vor unter all diesen Idioten mit ihren Idioteneltern. Mir wurde klar, dass eine harte Zeit vor mir lag. „Diese Schule zu absolvieren wird kein Kinderspiel", sagte ich mir. Nicht unter all diesen Typen!

Ich verfluchte schon meinen ersten Schultag, noch bevor er erst richtig begonnen hatte. Es war kurz nach halb 9 und noch immer standen alle diese Menschen vor dem verschlossenen Klassenzimmer. Wie lange sollten wir noch warten?

Als ich meinen Blick wieder durch die Runde gehen ließ und er auf dem einzigen hübschen Mädchen hängen blieb, das ich entdecken konnte, hörte ich eine Stimme hinter mir.

„Tom, du hier?!"

„Ja, hat dir deine Mutter das nicht erzählt?", sagte ich, noch bevor ich mich umdrehte. Ich hatte diese Stimme schon oft gehört und doch war ich etwas überrascht, ihn gerade hier anzutreffen.

„Nein, hat sie nicht. Scheint so, als wären wir in derselben Klasse."

„Ja, hat ganz den Anschein. Bist du auch mit deinen Eltern hier?"

„Nein." Lenny lachte. „Du?"

„Nein, aber ich bin mir schon komisch deswegen vorgekommen ..."

Lenny war ein großgewachsener, blonder Sportler-Typ. Ich kannte ihn schon seit der Volksschule und unsere Eltern arbeiteten schon seit Jahren in derselben Firma. Ich kann mich an keine Situation in unserer Kindheit erinnern, in der er nicht versucht hätte, mich zu übertreffen. Leider muss ich gestehen, dass es ihm auch meistens gelang ...

Er hatte immer die besseren Klamotten. Die wertvolleren Sammelkarten. Den besseren Kick beim Fußball und die besseren Noten. Ich hasste ihn dafür!

„Hast du schon die Mädels abgecheckt?"

„Ja, leider", sagte ich und war in Gedanken bei dem Mädel, das ich vorher gesehen hatte. Dabei hoffte ich, dass der Wichser von Sportler mir nicht das einzige hübsche Mädel in der Klasse wegnehmen würde.

„Ich habe ein paar geile Weiber gesehen. Die schauten aber so aus, als würden sie in höhere Klassen gehen." Fabi, das Anhängsel von Lenny, hatte sich in das Gespräch eingebracht. Er stand die ganze Zeit neben Lenny. Ich wusste, dass die beiden in dieselbe Unterstufe gegangen waren. Sie waren Sitznachbarn gewesen. Ich hatte ihn vor diesem Treffen schon ein paar Mal gesehen. Er war einmal beim Fußballspielen vor ein paar Monaten dabei gewesen und einmal, als wir Billard spielen gegangen waren. Er war auch so ein blonder Schnösel, der meinte, er könnte auf Gangster machen mit seinen weiten Hosen und seinen Skaterschuhen. Aber er war mir sympathischer als Lenny mit seiner Macher-Art.

„Wie kommt es eigentlich, dass wir drei in dieselbe Klasse kommen?"

„Bei uns war es kein Zufall. Wir hatten davor schon bei der Schule angefragt, ob wir in eine Klasse kommen könnten."

Eines wurde mir in diesem Moment klar! Ich war das dritte Rad. Lieber wäre es mir gewesen, nicht mit den beiden in einer Klasse zu sitzen, aber bei der Auswahl an Idioten, die ich vor mir stehen sah, dachte ich: „Lieber den Idioten nehmen, den man kennt, als einen anderen."

Dann endlich, um kurz vor 9 Uhr, kam mein neuer Klassenvorstand. Es war eine ältere Frau, etwas überproportioniert, mit Brille.

„Entschuldigt meine Verspätung, aber heute ist der erste Tag und es gibt viel zu tun. Also lassen Sie uns nicht noch mehr Zeit verlieren und folgen Sie mir in die Klasse", sagte sie und quetschte sich an den Schülern und Eltern vorbei. Für den ersten Eindruck hätte noch gefehlt, dass sie ihren fetten schwitzigen Oberarm an mir abstreift. Zum Glück stand ich etwas abseits der Menge.

Die Klassentür ging auf und meine neuen Mitschüler für die nächsten fünf Jahre betraten mit ihren Eltern das Zimmer. Lenny, Fabi und ich gingen als Letzte rein.

Das Klassenzimmer selbst war alt! Genauso wie das ganze Schulgebäude! Die Decke war an die vier Meter hoch, auf der linken Seite war eine Fensterfront, die in einen Innenhof zeigte. Die Tische waren in Reihe an die linke Seite gerückt worden, so dass man auf der rechten Seite viel Platz hatte.

„Bitte setzt euch", sagte die nervös wirkende Frau, die ab heute mein Klassenvorstand war.

Meine Mitschüler schafften es gerade so, sich von ihren Eltern zu trennen, und verteilten sich auf die freien Tische. Ich selbst setzte mich in die vorletzte Reihe ganz ans Fenster. An meinen Tisch setzte sich ein Typ mit kurz geschorenen Haaren und Piercing an der Augenbraue. Er schien älter zu sein als der

Rest von uns. Zumindest wirkte er erwachsener mit seinen kurzen Haaren, seinem bösen Blick und dem Piercing. Vielleicht lag es auch nur an dem Piercing. Ich hatte ihn schon vorher in der Menge gesehen. Er war einer der wenigen, die auch ohne Eltern da waren.

Am Nebentisch setzten sich Lenny und Fabi hin, und als dann alle Schüler einen Platz gefunden hatten, begann unser Klassenvorstand die Schülerliste vorzulesen. Wir waren über 30 Schüler, und als die Liste durch war und ich endlich auch sicher sein konnte, dass ich richtig war, bat unser Klassenvorstand die Eltern hinaus. Jetzt wurden weiter administrative Sachen erledigt. Der Stundenplan wurde ausgeteilt. Die Schulordnung wurde ausgeteilt. Wir mussten alle unterschreiben, dass wir uns an ebendiese Ordnung halten würden. „Lächerlich", dachte ich mir. Da standen Sachen drin wie: Man darf keine Chemikalien klauen, nicht vor der Schule rauchen und so was eben. Ich unterschrieb den Zettel und hoffte, dass dieser unnötige erste Tag bald vorbei sein würde. Dann mussten wir noch unterschreiben, dass wir im Fall einer Strahlenvergiftung irgendein Medikament auch ja nehmen würden. Strahlenvergiftung? Wo war ich jetzt gelandet? Aber ich unterschrieb den Wisch.

Um 10 vor 10 läutete die Schulglocke. Wir wurden für eine kurze Pause entlassen. Ich konnte nur an eine Zigarette denken. Aber wo sollte ich eine rauchen gehen? Vor dem Schulgebäude? Ich hatte gerade unterschrieben, dass ich das nicht machen würde. Warum auch immer das verboten war! Uns wurde irgendetwas von Brandschutzbestimmungen erzählt. Die Raucher würden den Ausgang blockieren. „Als würden wirklich alle Raucher stehen bleiben, wenn das Gebäude abbrennt", dachte ich mir, gerade als mein Sitznachbar mich ansprach.

„Hey, kommst du mit eine rauchen?"

„Ja klar, aber wo?"

„Komm einfach mit", sagte er.

Ich folgte ihm in den Keller der Schule. Dort befand sich ein großer Raucherhof. Ich wusste, dass ich dort eigentlich nichts verloren hatte. Ich war zu jung zum Zigarettenkaufen und somit auch zu jung, hier in aller Öffentlichkeit eine zu rauchen. Wenn mich ein Lehrer sehen sollte, hätte ich ein Problem. Aber ich wollte eine rauchen.

Mein Sitznachbar öffnete die Hoftür und eine kalte Rauchwolke kam uns entgegen. Wir stellten uns zu dem nächstbesten Aschenbecher und zündeten uns unsere Zigaretten an. Um uns herum waren ein paar ältere Schüler zu sehen, die uns aber ganz und gar ignorierten.

„Hey, ich heiße Brix." Er reichte mir seine Hand.

„Tom."

„Tom, willst du ein bisschen Gras kaufen?"

Der restliche erste Schultag blieb mir nicht im Kopf hängen. Vielleicht weil ich am Abend noch das Gras rauchte, das ich gekauft hatte, oder vielleicht lag es daran, dass wir eine Vorstellungsrunde machten – und bei so etwas mein Gehirn immer abschaltet.

2.

Mein neuer Schulweg war lang! Ich musste von einem Ende der Stadt ans andere. Dafür musste ich dreimal umsteigen und durch halb Wien fahren. So etwas war ich nicht gewohnt. Meine alte Schule lag 15 Minuten zu Fuß entfernt von mir. „Und jetzt so etwas", dachte ich mir! Natürlich kam ich zu spät!

Der zweite Tag fing nicht wirklich besser an als der erste. Nicht nur, dass ich zu spät kam. Ich hatte auch meine stinkenden, zerrissenen Jeans und meine schwarze Lederjacke angezogen. Mit diesem Outfit und der Tatsache, dass ich zu spät kam, machte ich sicher einen richtig guten Eindruck in meiner ersten Unterrichtsstunde. Ich öffnete die Klassenzimmertür und hoffte, dass ich nicht auffallen würde. Wie konnte ich das nur glauben?!

Es war gerade Englischstunde. Am liebsten wäre ich ganz zu spät gekommen, dann hätte ich mir diese Scheiße nicht anhören müssen. „Verdammt", dachte ich mir, „es wird ja nur englisch geredet!" In meiner alten Schule hatten wir 99 Prozent der Englischstunde deutsch geredet und jetzt so was! Ich war total überfordert. Doch die Stunde verging schnell, weil mein Kopf wieder einmal abschaltete, und für mein

Zuspätkommen hatte sich auch nicht wirklich jemand interessiert. Als es dann zur Pause läutete, konnte ich nur an eine Zigarette denken. Beim Läuten standen alle auf und verließen das Klassenzimmer. Was hatte ich jetzt verpasst? So viele Raucher konnte es statistisch nicht geben. Ich ging zu Lenny hinüber und fragte ihn, wo alle hingehen. Er selbst war natürlich auch kein Raucher. Sportler halt.

„Die nächste Stunde, Anorganische Chemie, haben wir in einem anderen Raum", sagte er mir.

Zusätzlich sagte er mir die Raumnummer, die ich aber unter dem ganzen Lärm, den meine Mitschüler veranstalteten, nicht hören konnte. Es war ein riesiges Getümmel. Alle strömten aus der Klasse hinaus. Draußen vor dem Klassenzimmer war es noch schlimmer. Dort rannten so viele Schüler herum, dass ich Lenny schnell verlor. Ich versuchte mich in den Keller zu bewegen. Doch die Menschenmengen trieben mich immer wieder in eine andere Richtung. Ich muss, glaube ich, nicht erwähnen, wie mir das alles zuwider war. Aber irgendwie schaffte ich es doch in den Raucherhof. Der Raucherhof war leer, als ich ankam, und als ich gerade dachte, ich könnte ein bisschen entspannen, hörte ich hinter mir Fabi, das Anhängsel von Lenny.

„Hey Tom, warte."

Ich hielt ihm die Tür auf und er ging an mir vorbei, raus in den Hof. Wir stellten uns nicht weit von der Tür weg und rauchten uns eine an.

„Warum ist der Hof so leer?", dachte ich laut.

Fabi erklärte mir dann, dass jetzt gar keine Pause sei, sondern erst in 50 Minuten. Also erst nach der Stunde Anorganische Chemie, die wir jetzt hatten, aber ich wollte nicht zurück in die Klasse. Also unterhielt ich mich ein bisschen mit Fabi und versuchte meine Zigarette zu genießen. Wir rauchten fertig und gingen wieder hinein in das Gebäude. Es war auf einmal sehr still. Niemand war mehr da, der sich auf dem Gang herumtrieb.

Fabi und ich gingen in die Aula und schauten dort auf einem Plan nach, wo das Klassenzimmer war. Wir hatten es schnell herausgefunden und gingen los, denn wir waren spät dran. Dritter Stock! Wir standen vor einer komisch klein wirkenden Tür und fixierten die Zimmernummer mit unseren Augen.

„Hier sind wir doch richtig?"

„Nein, das kann nicht sein. Die Tür schaut aus wie die zu einem Heizungsraum."

Wir versuchten die Tür aufzumachen, aber als sich nichts tat, entschlossen wir uns, noch einmal auf den Plan zu schauen, der im Erdgeschoß in der Aula ausgehängt war.

Weitere 15 Minuten vergingen, aber wir hatten es geschafft, das mysteriöse Zimmer zu finden, welches zweimal auf dem Plan vorkam. Als wir dann endlich in das Klassenzimmer eintraten, erwartete uns ein etwas verstimmter Professor. Verstimmt ist gut! Der Sack fing an, eine Hassrede auf uns beide zu halten. „Was geht jetzt wieder ab?", dachte ich mir. „Da hätte ich gleich im Raucherhof bleiben sollen." Ich sag euch, dieser Typ, der vor der Klasse stand und seine Rede auf uns hielt, war richtig kreativ. Er ließ nichts aus in seiner Ansprache. Aber er machte bei seinen Beleidigungen einen Fehler. Zumindest, was mich angeht, denn er versteifte sich irgendwann auf mein Aussehen. Meine zerrissenen Jeans und mein Nietengürtel waren nicht ganz sein Stil. Das verstand ich. Die langen Haare auf der Seite seines Kopfes, die er über seine Glatze gekämmt hatte, waren auch nicht mein Stil. „Aber leben und leben lassen", dachte ich mir. Es würde nichts bringen, jetzt komplett auszurasten und ihm meine Meinung zu sagen. Ich hatte noch fünf Jahre an dieser Schule und ich konnte noch nicht wissen, wie lange ich ihn als Professor haben würde, außerdem war der zweite Schultag.

Ich wollte mich so unauffällig wie möglich verhalten und nicht gleich zum Direktor geschickt werden, weil ich mal wieder nicht die Klappe halten konnte. Das kannte ich schon zu gut aus meiner alten Schule und ich wollte neu anfangen.

Die Stunde verging schnell, denn es war nicht mehr viel übrig davon, als Fabi und ich uns endlich setzen konnten, nachdem der Professor fertig geredet hatte. Es läutete und dieses Mal war wirklich eine Pause! Ich konnte also, ohne zu befürchten, wieder zu spät zu kommen, eine rauchen gehen.

Diesmal waren so viele Schüler im Hof, dass ich mir keine Sorgen machen musste, von einem Lehrer entdeckt zu werden. Unterm Strich war es ihnen, glaub ich, auch ziemlich egal. In meiner ganzen Zeit an der Schule habe ich nur einmal einen Professor im Raucherhof gesehen und das war mein ganz

spezieller Freund aus dem Anorganische-Chemie-Unterricht.
Es war im zweiten Jahr an der Schule. Keine Ahnung, was er
dort machte, aber er sah mich, wie ich neben dem Mistkübel
und dem Aschenbecher eine rauchte. Als er zu mir
herüberkam, dachte ich schon: „Jetzt geht's wieder los." Aber
er war nicht clever oder vielleicht auch nicht bösartig genug,
um mich zu fragen, was ich während der Unterrichtszeit im
Hof machte. Er wollte nur ein Foto von mir machen, wie ich
neben dem Mistkübel und dem Aschenbecher stehe. Damit
man ein Such-Bild machen kann, wie er mir sagte.
„Finde den Menschen auf diesem Bild", sagte er. „Schwierige
Aufgabe, nicht?"
„Kann sein", erwiderte ich.
Dann ging er.
Ich rauchte meine Zigarette fertig, bevor ich wieder in den
Unterricht verschwand. Er machte sich auch im Unterricht
immer wieder den Spaß, etwas zu finden, was ihm an mir
nicht passte. Also überraschte mich sein verbaler Angiff nicht
sehr. Außerdem war er zu allen so ein Arsch. Umso mehr fand
ich es amüsant.
Aber jetzt war kein Lehrer zu sehen, nur Schüler. Der
Raucherhof war voll von ihnen. Ich schaute mich um und sah
meinen Sitznachbarn Brix, der bei ein paar anderen aus
meiner Klasse stand. Ich gesellte mich zu ihm.
„Gib mir zwei."
„Ich nehm einen. Hier, ein Zehner."
„Welche Sorte?"
„Ak 47."
„Geil! Wie das riecht!"
„Tom, brauchst du auch noch etwas?"
Mein Blick ging durch die Runde der Leute, die sich im Hof
befanden. Der Raucherhof war anscheinend ein
Drogenumschlagplatz. An allen Ecken wurden kleine
Päckchen und Geld ausgetauscht. Hin und wieder roch man
eine Brise Gras in der Luft, und an allen Ecken drehte es sich
um chemische Substanzen. Es war schlimmer als am
Karlsplatz.
„Tom?"
„Entschuldigung, ich war gerade in Gedanken versunken."
„Also? Brauchst du auch noch was?"

Ich lehnte dankend ab. Nicht, weil ich nicht ein bisschen gutes Gras gebrauchen konnte, aber daran lag es eben. So gut war es nicht. Ich kaufte nie wieder bei Brix Gras.

3.

Ich hatte mich an meinen Schulweg gewöhnt und war nicht mehr so angewidert von den Menschenmengen, die man in der U-Bahn traf, aber ich kam immer noch zu spät. Mein Englisch litt darunter, denn die einzigen zwei Englischstunden, die wir in der Woche hatten, waren in der Früh angesetzt. Manchmal ging ich gar nicht erst hin, wenn ich sah, dass ich zu spät kam. Dann setzte ich mich in eine nahe gelegene Fast-Food-Kette und versuchte die Zeit so gut zu nützen, wie es mir möglich war, mit ausstehenden Hausaufgaben oder Kaffeetrinken.

Manchmal traf ich andere aus meiner Klasse, während ich meine Zeit totschlug. Andre und Reed, die beiden gehörten zu den Älteren in der Klasse, traf ich öfter. Reed war ein kleiner, dicker Hip-Hopper, er war letztes Jahr schon in der ersten Klasse gewesen. Andre war der Älteste in der Klasse, er hatte davor vier Jahre eine andere höhere Schule besucht, bevor er rausgeflogen war. Ich mochte die beiden. Sie hatten nur Kiffen und Drogen im Kopf.

Wenn wir uns in der Früh trafen, war uns meistens klar: Das wird nichts mit der ersten Schulstunde. Es litten auch andere Fächer dadurch, dass ich immer zu spät kam, aber am meisten mein Englisch. Fächer wie Geschichte oder Geographie besuchte ich auch kaum. Ich nahm mir meistens eine extra Mittagspause. Nicht, dass ich was Besonderes machte, aber ich wollte nicht in einem Klassenzimmer hocken. Zum Glück traf ich immer jemanden, der auch gerade auf den Unterricht schiss. So musste ich nicht alleine herumlaufen. Oft ging ich in den Supermarkt und kaufte mir ein Bier. Ich setzte mich auf eine Parkbank, rauchte mir eine Zigarette an und genoss mein Bier unter klarem Himmel.

In der regulären Mittagspause ging ein Teil meiner Klasse in einen nahe gelegenen Park. Dort setzten sie sich in die Wiese und rauchten ihr Gras. Ich war wohl nicht der typische Kiffer. Ich trank lieber mein Bier. Ich rauchte Gras eigentlich nur am Abend. Ich war schon so kaum geistig anwesend im Unterricht, da konnte ich es mir nicht leisten, verwirrt, müde und mit roten Augen im Unterricht zu sitzen.

Den Alkohol sah ich nicht als Problem. Er machte den Unterricht erst erträglich. Es gab drei Gruppen von Schülern in unserer Klasse. Die einen, die immer aufpassten und mitschrieben. Diese Gruppe war auch jene, die immer im Klassenzimmer blieb.

Dann noch die Masse. Diese war recht gut im Unterricht, aber nicht so gut, dass es aufgefallen wäre. Diese Typen trafen sich auch außerhalb der Schulzeit. Waren ein eingeschworenes Team. Sie halfen einander im Unterricht. Sie tauschten Mitschriften aus und halfen einander bei den Hausaufgaben. Und natürlich gab es die Drogenkinder. Andre, Reed, Brix und wie sie alle hießen.

Nach einer gewissen Zeit, es war ungefähr nach dem ersten halben Jahr, hatte ich es geschafft, dass ich in allen drei Gruppen jemanden hatte, mit dem ich reden konnte. Es war sehr praktisch, besonders bei Mitschriften. Ich konnte gar nicht anders, als mich mit ihnen anzufreunden. Ich selbst hatte mir schon lange angewöhnt, im Unterricht nicht mehr mitzuschreiben. Dafür gab es ja andere. Natürlich hätte ich auch Lenny fragen können, aber das wollte ich nicht. Ich versuchte, so gut wie möglich von ihm Abstand zu halten. Nur im Physik-Unterricht, im großen Saal, saßen Fabi, Lenny und ich nebeneinander. Vor uns saßen drei Mädels. Blue, Nadin und Decia. Wir kamen schnell mit ihnen ins Gespräch, durch Lenny.

Nadin war jenes Mädel, das ich am ersten Tag mit meinen Augen gemustert hatte. Sie gefiel mir. Sie hatte irgendetwas Arrogantes im Gesicht. Und das wollte ich ihr unbedingt wegficken. Ich hätte es ihr richtig besorgt, aber sie war mit einem anderen aus meiner Klasse verbandelt. Die beiden, Bazi und Nadin, kannten sich schon aus dem Kindergarten. Es war wie eine Lovestory. Als Kinder hatten sie sich schon gemocht, hatten sich dann aber aus den Augen verloren und sich

schlussendlich wiedergefunden, hier an dieser Schule. Ich
hatte keine Chance gegen so eine Geschichte.
Auch wenn ich mein eigenes Ding machen wollte, war Lenny
praktisch für den Anfang, sozusagen als Katalysator, für
Gespräche mit der großen Masse der Schüler. Er hatte einfach
fast überall seine Nase drinnen. Und so versuchte ich es ihm
gleichzutun. Aber nicht, weil ich Freunde suchte, sondern weil
ich Mitschriften suchte. Es war ein täglicher Kampf um die
Mitschriften. Ich konnte ja nicht immer zu derselben Person
gehen. So versuchte ich mich mit vielen anzufreunden.
Obwohl von Anfreunden keine Rede war. Ich wollte ja nur
eines. Mitschriften.
Wie viel Geld ich genau für Kopien in meiner Schulzeit
ausgegeben habe, weiß ich nicht, aber ich habe mir dafür viel
Schreibarbeit erspart. Manche Lehrer interessierte es, ob wir
mitschrieben, andere wieder nicht. Trotz alledem hatte ich mir
angewöhnt, zumindest so zu tun, als ob. Meine besten
Zeichnungen entstanden während meiner Schulzeit. Sie waren
meistens sehr abstrakt, mit vielen unterschiedlichen
geometrischen Figuren und Farbschattierungen. Sie waren
genauso nichtssagend wie vieles andere, was ich machte.
Ich versuchte, so gut wie möglich zwischen den Gruppen, die
sich in der Klasse gebildet hatten, zu switchen. Die, die
während der Mittagspause in der Klasse blieben, spielten
Karten. Die anderen tranken Bier oder Wodka Orange oder
kifften im Park.
Auch die Mädels, die im Physik-Unterricht vor mir saßen,
gingen zusammen in der Mittagspause was trinken. Nur Decia
nicht. Dafür tranken Bazi, Sid, Lenny und Fabi mit. Diese
Gruppe hatte auch ihren Spaß, war aber etwas mehr bei der
Sache als die Giftler. Deshalb hatten sie ja auch die besseren
Mitschriften als die Kiffer der Klasse. Die Spassten, die zum
Kartenspielen in der Klasse blieben, musste ich gar nicht erst
fragen. Die gaben ihre Unterlagen nie her.
Trotzdem war es lustig, sie in ihrem Kartenspiel zu besiegen.
Es waren Monstersammelkarten. Natürlich hatte ich keine
eigenen Karten, aber von denen, die in der Klasse blieben, gab
es einen, der mir seine Karten borgte. Es war köstlich. Ich ließ
mir die Regeln erklären und borgte mir die Karten aus. Jetzt
brauchte ich nur noch ein Opfer und etwas, um das ich

spielte. Da kam mir einer dieser kleinen Spassten – ich war auch nicht gerade groß geraten, aber immer noch größer als er – gerade recht. Ich brauchte wieder einmal eine Mitschrift und zwar nicht nur die eines Tages, sondern die eines ganzen halben Jahres. Also spielte ich darum mit ihm. Ich brachte ihn so weit, auf die Wette einzugehen, obwohl ich nichts hatte, was er wollte. Aber ich kratzte an seiner Ehre. Er konnte sich nicht von einem besiegen lassen, der dieses Spiel noch nie gespielt hatte. Das war sein Fehler.

Ich gewann das Spiel. Es war zu einfach! Sogar für einen, der das Spiel nie spielte. Die Karten, die ich mir ausgeborgt hatte, waren einfach zu gut aufeinander abgestimmt. Ich konnte gar nicht anders, als zu gewinnen. Analytische Chemie, die Mitschrift des halben Jahres, war gesichert. Jetzt hatte ich Unterlagen, um für den noch ausstehenden Test zu lernen. Bei dem Test stellte ich mich gar nicht so schlecht an wie gedacht. Ich hatte ja die unterschiedlichsten Mitschriften und somit die verschiedensten Gedanken zu unserem Unterricht. Auch ohne großen Aufwand schaffte ich den Test. Natürlich war ich nicht der Beste der Klasse, aber auch nicht der Schlechteste. Außer in Englisch, da war ich eindeutig der Schlechteste. Meine Anwesenheit war kaum vorhanden. Ich verpasste so oft absichtlich und unabsichtlich den Unterricht. Im halben Jahr bekam ich dann die Quittung dafür. Ich hatte einen Fetzen. Wie ich das noch hinbekommen sollte, wusste ich nicht. Ich hatte schließlich auch noch andere Probleme. Da gab es noch Geschichte, Geographie und den Deutsch-Unterricht. Ich musste im zweiten halben Jahr des ersten Jahres echt angasen.

4.

Während meine Noten immer schlechter wurden und ich immer mehr das Gefühl bekam, dass ich die erste Klasse nicht schaffen würde, musste mein kleiner Bruder ins Spital. Nicht, dass es mich sehr interessierte, ich konnte den kleinen Krampf im Arsch eh nicht leiden, aber ich nahm es zur Kenntnis. Er war das zweite Kind meiner Mutter, mit ihrem zweiten Mann. Die beiden waren schon länger geschieden, und auch wenn ich meinen Stiefvater früher Papa nannte, sage ich heute, dass er ein Arsch ist. Vielleicht genau deswegen. Weil ich ihn einst Papa nannte. Jetzt ist und bleibt er ein fetter, sadistischer Mann, der nichts als Scheiße im Kopf hat. Mein Bruder hatte einen Unfall beim Spielen mit einem anderen Kind und dadurch ist ein Hormon bei ihm abgeklemmt worden. Sein Gehirn wurde öfter untersucht, als ich mir die Zähne putzte. Es drehte sich alles um ihn. Nicht, dass nicht davor schon alle auf ihn fixiert waren und sich um ihn sorgten, weil er auch noch ADHS hatte. Es war nervig! Und mein leiblicher Vater hatte währenddessen eine neue Familie gegründet. Er hatte eine Frau aus Südamerika und zwei Kinder mit ihr. Ich mochte meine beiden Schwestern, aber ich hasste sie auch dafür, dass sie bei meinem Vater leben durften. Ich selbst war ja bei meiner Mutter untergebracht. Bei meinem Vater zu Hause war ich nur ein Besucher und bei meiner Mutter zu Hause war ich nur ein Nebendarsteller.

Das einzig Gute, was die beiden an sich hatten, war, dass sie mir nie Grenzen zeigten. Sie waren ja auch kaum in meinem Leben vorhanden. Wie sollten sie also auch! Ich war also alleine mit mir und meiner Sorge, dass ich die erste Klasse nicht schaffen würde. Ich musste mir bald etwas einfallen lassen, um meine Noten zu verbessern. Es schien nicht mehr zu reichen, wenn ich nur auf dem Weg zur Schule lernte. Ich musste mich auch zu Hause damit beschäftigen. Dabei hatte ich alles andere im Sinn als Schule, wenn ich einmal zu Hause war.

Ich verbrachte die meiste Zeit mit meinen zwei besten Freunden. Martin und Jotta. Sie wohnten bei mir im selben Haus. Und wir waren im selben Alter. Unsere Eltern verbrachten auch hin und wieder Zeit miteinander. Wir hatten tolle Zeiten. Im Sinne von schön und verrückt. Ich hatte meinen ersten Alkoholrausch mit den beiden. Ich war auf meinem ersten Punkkonzert mit den beiden. Wir machten viel Scheiße zusammen. Wenn wir gerade nicht im Park Zigaretten rauchen und Bier trinken waren, gingen wir in ein altes, nahe gelegenes Brauereigebäude. Dieses war seit Jahren verlassen. Aber wenn man einmal drinnen war und es nach ganz oben auf das Dach hinauf geschafft hatte, hatte sich der Weg gelohnt. Man konnte einen wunderbaren 360-Grad-Blick auf Wien und die Umgebung genießen. Wir setzten uns meistens an den Rand des Daches, ließen die Beine die 30 Meter hinunter baumeln und rauchten eine Zigarette.

Bei dem ganzen Abhängen mit den beiden blieb mir nicht mehr viel Zeit für die Schule. Ich hatte meine Prioritäten gesetzt und trotzdem wollte ich nicht die erste Klasse wiederholen. Das größte Problem war Englisch, die anderen Fächer würde ich schon schaffen, dachte ich mir und so war es dann auch. Nur Englisch blieb mir ein großes Rätsel.

Es kam, wie es kommen musste, das Jahr neigte sich dem Ende zu und ich hatte noch immer einen Fünfer in Englisch. Ich musste also im Sommer lernen und hoffen, dass ich es bei der Jahresprüfung schaffen würde. Aber ich war nicht alleine mit meinen Sorgen. So wie mir ging es einem Drittel der Schüler in meiner Klasse. Viele Gesichter würde ich im nächsten Jahr hier nicht mehr sehen, dachte ich mir. Würde man mich hier noch sehen, war mein zweiter Gedanke.

Am Endes des Jahres ging ich noch einmal mit der Gruppe saufen, die sich um Nadin drehte. Es war ein lustiger Abend, wir waren eine große Gruppe und gingen ins Kino. Natürlich nicht, ohne genügend Alkohol dabeizuhaben. Dafür mischten wir einen Billigsdorfer-Wodka mit Orangensaft und sonst noch süßem Zeug. Mit allem, was sich zum Mischen eignete, um den ekelhaften Benzingeschmack zu überdecken.

Maracujasaft, Pfirsichsaft und so weiter.

Ich habe keine Ahnung mehr, worum es in dem Film ging, den wir uns anschauten, denn ich war sturzbetrunken. Ich musste mindestens dreimal den Saal verlassen, um auf dem Klo zu pissen. Dann ging ich wieder auf meinen Platz und trank weiter aus der Plastikflasche Wodka Orange. Was mir gut von diesem Abend in Erinnerung blieb, ist, wie ich mir bei dem Versuch, meinen Zug nach Hause zu erwischen, eine Sicherheitsnadel in den Fuß rammte, mit der ich versuchte meine Schuhe zusammenzuhalten. Der Scheiß steckte circa zwei Zentimeter tief in meinem Fuß. Ich zog sie schnell heraus und rannte zum Zug.

Den Zug hatte ich erwischt und mein Fuß schmerzte, zumindest für den Moment, kaum, dafür war ich zu betrunken. Ich versuchte mich auszuruhen, um den Alkohol abzubauen. Leider schlief ich ein und fuhr mit dem Zug zwei Stationen zu weit. Ich war irgendwo gelandet! Es war spät am Abend und mein Handy war leer. Jetzt blieb mir nichts anderes übrig, als nach Hause zu gehen, denn der letzte Zug zurück in die Richtung, aus der ich kam, war schon gefahren. Ich ging also circa 2 Stunden zu Fuß nach Hause. Alle 15 Minuten spürte ich meinen Fuß mehr pochen. Als ich es dann nach Hause geschafft hatte, verschwitzt von Schmerz und Anstrengung, fiel ich in mein Bett wie ein Stein auf den Boden. Es kam dann dazu, dass wir Zeugnis-Verteilung hatten. Ich ging hin, auch wenn sich alles in mir dagegen wehrte, aber ich wusste, dass wir alle danach etwas zu feiern hatten. Die einen, weil es nächstes Jahr weiterginge, die anderen, weil sie nächstes Jahr nicht mehr hier sein würden. Meine Zukunft war währenddessen ungewiss. Ich nahm mein Zeugnis entgegen und war mit den Gedanken schon bei meinem ersten Bier. Vielleicht hätte ich heute eine Chance bei Nadin, dachte ich mir. Bazi und sie hatten schon länger Streit. Jetzt könnte es mit ein bisschen Alkohol und einem günstigen Moment kommen, dass ich sie ficken könnte. Nach der, man muss schon sagen, Verleihung der Zeugnisse und der extra Erwähnung der Schüler, die einen Einser-Schnitt hatten, konnten wir endlich feiern.

So gut wie die ganze Klasse war dabei. Es war echt eine Ausnahme, so viele Leute aus unserer Klasse zusammen zu sehen. Wir waren im Park, und während die anderen tranken und kifften, versuchte ich mich mit Nadin zu unterhalten. Ihr Freund oder auch nicht Freund, es war mir egal, war zwar auch da, aber er lag besoffen in einem Gebüsch. Ich unterhielt mich mit ihr über zwei Stunden, bis sie dann draufkam, dass Bazi schon lange weg war. Zu dem Zeitpunkt wusste noch keiner von uns, dass er gut versteckt in einem Gebüsch lag. Nadin machte einen Riesen-Aufstand.

„Wo bist du, Bazi?!"

„Bazi! Hörst du mich?"

Immer wieder schrie sie das und ging durch den Park. Ich wusste, dass das nichts mehr werden würde mit ihr. Ich schnappte mir ein Bier und setzte mich zu einem Baum. Es dauerte nicht lange und auch andere schlossen sich der

Suche an. Nach einer halben Stunde fand ihn dann jemand. Sie halfen ihm auf und fragten ihn, ob alles okay sei. Er trank einfach weiter. Offenbar hatte er nur etwas Schlaf gebraucht. Für mich war das Schuljahr gelaufen. Nicht ganz, weil ich es nicht geschafft hatte, mir den Fünfer in Englisch auszubessern, dafür aber die anderen. Aber auf jeden Fall war der Versuch gestorben, Nadin ins Bett zu bekommen. Ich hatte so oft den Kontakt zu ihr gesucht. Im Physik-Unterricht und auch wenn wir am Wochenende als Gruppe weggingen. Aber das Weib interessierte sich nur für diesen Idioten von Bazi, der ein typischer Bauern-Bursche war. Dumm und proletarisch.

Der letzte Schultag verging und ich fuhr wieder einmal ziemlich gut angetrunken, denn ich hatte mir angewöhnt, nach der Schule noch ein bisschen im Park zu sitzen und zu trinken, nach Hause. Man traf immer jemanden im Park. Doch so sehr betrunken wie am letzten Tag der Schule hatte ich mich unter dem Jahr nicht. Ich war so besoffen, dass ich mich auf dem Weg nach Hause dreimal übergeben musste. Ich kotzte, zweimal in einen Mistkübel, der bei der U-Bahn war, und einmal voll auf den Boden vor der Straßenbahn. Ich kam irgendwann spät am Abend nach Hause. Mit einem Zeugnis mehr, dafür mit einem Pulli weniger.

Wieder einmal fiel ich in mein Bett. Um mich herum wurde alles dunkel und in meinem Körper breitete sich ein wohliges Gefühl aus. Ich ging noch einmal aufs Klo kotzen, bevor ich dann endgültig einschlief.

Erst am nächsten Morgen wurde ich bezüglich meines Zeugnisses gefragt.

„Wie schaut dein Zeugnis aus, Tom?", fragte meine Mutter beim Mittagessen.

Ich stopfte etwas von dem Braten in mich hinein und holte mein Zeugnis hervor.

„Hier ... Ich geh raus."

„Was heißt, du gehst raus?"

„Ich treff mich mit Martin und Jotta."

„Okay, komm aber nicht zu spät nach Hause."

Bevor sie sich mit dem Zeugnis beschäftigt hatte, war ich auch schon draußen. Ich wusste, dass ich einem Gespräch mit meiner Mutter nicht entkommen konnte, aber ich wusste auch, dass ich es schönreden konnte.

„Ich habe mich auf die anderen Fächer konzentriert. Siehst du, in manchen habe ich sogar Einser", würde ich sagen. „Ich habe den ganzen Sommer Zeit für ein Fach. Das ist kein Problem."

Damit sollte sich die Sache klären lassen, dachte ich mir und lag auch richtig. Meine Mutter gab Ruhe, meinem Vater war alles egal und ich konnte somit meinen Sommer genießen.

5.

Auf meinem Schulweg nach Hause kam es oft dazu, dass ich einem Mädel begegnete. Immer wieder trafen wir uns am Busbahnhof. Wir nahmen denselben Bus. Sie hieß Sabrina und war ein kleines Punk-Mädchen mit Riesen-Brüsten. Ich kannte sie vom Sehen, denn wir waren in dieselbe Unterstufe gegangen. Nicht in die gleiche Klasse. Sie saß in einer Nebenklasse, aber im selben Jahrgang.

Irgendwann, eben weil wir uns so oft sahen, sprach, ich weiß nicht mehr, sie mich oder ich sie an. Wir kamen ins Gespräch und redeten viel über Musik. Sie hatte einen tollen Musikgeschmack. Von den Sex Pistols über Misfits und Metallica war alles dabei. Es waren tolle Gespräche, auch wenn sie nur drei Busstationen dauerten, denn ich stieg dann schon aus.

Jetzt waren Sommerferien und ich traf sie nicht mehr. Ich hatte keine Handynummer von ihr oder sonst was. Ich war deprimiert. Aber es half, meine Zeit mit Martin, Jotta und Trinken zu verbringen. Wir waren sehr viele Abende am örtlichen Spielplatz und genossen die langen warmen Sommernächte. Es kam dazu, dass wir eines Abends nicht alleine waren auf jenem Spielplatz, auf dem ich schon meine Kindheit verbracht hatte. Genau hier hatten Jotta, Martin, Tim, Danny und auch Lenny, der Oarsch, und ich zusammen Fußball gespielt. Jetzt waren wir nur noch hier, um zu trinken und zu rauchen. Wir waren eigentlich immer alleine, aber eben an diesem Abend nicht. Am Ende des Spielplatzes hatten sich eine Gruppe getroffen. Sie schienen das Gleiche wie wir zu machen. Nämlich nichts.

„Hey, das ist doch die eine?", sagte Jotta.

„Welche?"

„Die da hinten. Seht ihr sie?"

„Ja, ich seh sie", antwortete Martin.

„Mann, was würde ich dafür geben, ihre Nummer zu haben."

„Warum gehst du nicht hin und fragst sie?", sagte ich, ohne zu ahnen, um welches Mädel es eigentlich ging.

Er traute sich nicht. Um sich zu rechtfertigen, sagte er, wir würden uns auch nicht trauen. Nicht mit mir! Wir wetteten um die Ehre und ich ging hinüber zu der Gruppe, die da im Dunklen stand. Erst als ich richtig nahe dran war, sah ich, dass es sich um Sabrina und ihre Freunde handelte. Aber eine Wette war eine Wette, auch wenn wir nur um die Ehre gewettet hatten. Ich besorgte ihre Nummer und spürte die Blicke ihrer Freunde in meinem Nacken. Ich war nicht erwünscht. Aber das hielt mich nicht ab. Sie schien sehr erfreut zu sein, mich zu treffen, und so war es auch kein Problem, als ich sie nach ihrer Nummer fragte.

Ich hatte sie, ihre Nummer, aber das Schlimmste sollte noch kommen. Jotta bildete sich wirklich ein, er hätte eine Chance bei ihr. Bitte! Der Typ! Niemals, dachte ich mir.

Er versuchte sie anzurufen und ein Treffen mit ihr zu organisieren. Es war ein Desaster, zumindest aus meiner Sicht. Sie sagte nämlich Ja zu dem Treffen mit Jotta, aber nur unter der Bedingung, dass ich mitkommen würde. Was sollte ich jetzt machen? Ich mochte sie und hätte sie so gern gefickt. Aber meinem Freund das Mädel auszuspannen, auf das er stand, war auch ein Ding für sich. Ich ließ mich auf das Treffen ein und so kam es, dass Jotta, Sabrina und ich uns trafen.

Es wurde immer schlimmer. Während ich versuchte, zwischen den beiden zu verhandeln, machten es mir die beiden nicht leicht. Jotta brachte kein Wort heraus und Sabrina interessierte sich nur für mich. Also entweder war ich fehl am Platz oder Jotta. Vielleicht auch sie. Aber eines war klar, zu dritt würden wir nicht funktionieren.

Das Treffen verging und wir machten uns auf den Weg nach Hause. Jotta hatte echt noch ein gutes Gefühl nach dem

Treffen. Ich konnte mir nur an den Kopf greifen. Aber da sieht man mal wieder, jeder lebt in seiner eigenen Welt. Zu einem weiteren Treffen zwischen uns dreien kam es nicht. Zum Glück, möchte ich sagen. Sabrina hatte auf jeden Fall mehr Eier als Jotta und sagte ihm am Ende des Treffens klar, was sie will. Nämlich nicht ihn.

Dafür wollte sie sich mit mir treffen. Ich hatte sie schon vor Jottas Versuch, sie kennen zu lernen, gekannt. Also konnte ich es mit meinem Gewissen vereinbaren, ohne Sorgen zu haben, unsere Freundschaft zu gefährden. Wir trafen einander oft in diesem Sommer und redeten über Gott und die Welt. Irgendwann drehte sich alles nur noch um unsere dummen Eltern, darin waren wir uns ganz gleich. Wir hielten beide unsere Eltern für Idioten, die nie hätten Kinder bekommen sollen. Wenn es Abend wurde, gingen wir zur Tankstelle, holten uns Rotwein und Cola. Ich war so beeindruckt, als ich das erst Mal mit ihr gesoffen hatte. Sie hatte so viel vertragen. Mehr als ich. Und ich hatte mir schon angewöhnt viel zu trinken. Aber sie!

„Einfach geil", dachte ich. „Die weiß, wie man feiert." Ich verbrachte viel Zeit mit ihr und traf mich mit Martin und Jotta so gut wie gar nicht mehr. Warum sollte ich mich auch mit ihnen treffen? Beide wollte ich nicht ficken. Aber sie! Bei ihr schaute das anders aus. Als wir dann eines Abends so dasaßen und tranken, kam es dazu. Wir küssten uns. Es dauerte nicht lange und wir landeten bei mir zu Hause im Zimmer und fickten. Wir fickten so lange, bis wir wieder nüchtern waren. Und dann noch einmal.

Am Morgen danach musste sie aus meinem Zimmer hinaus, an meiner Mutter vorbei. Es war eine Katastrophe. Meine Mutter bekam einen hysterischen Anfall.

„Was soll das? Hat sie hier geschlafen?! So was kannst du nicht machen unter meinem Dach!"

Solche Sachen musste ich mir anhören. Ich küsste Sabrina zur Verabschiedung und ging wieder in mein Zimmer.

„Was soll das? Du kannst nicht einfach in dein Zimmer verschwinden!"

„Dann geh ich halt", sagte ich so zornig, wie ich konnte, obwohl ich viel zu ausgelaugt war.

Wie konnte sie mir so eine Szene machen? Mein Vater wäre
sicher stolz gewesen, wenn ein Mädchen bei mir übernachtet.
Na ja, vielleicht nicht mein Vater, aber ein Vater.
Ich ging raus aus der Wohnung und ging in der Gegend
spazieren. Es trieb mich in die Weinberge. Eine Gegend voller
Weinreben und Bauern. Gleich bei mir in der Nähe. Dieser Ort
hatte immer schon etwas Beruhigendes. Ich ging in den
nächsten Supermarkt und holte mir eine Flasche Rotwein, um
den Tag nach dem ersten Fick auch sinnvoll zu gestalten.

6.

Die Sommerferien waren so gut wie zu Ende und ich hatte
noch immer nicht für die Englisch-Prüfung gelernt. Ich war
viel zu sehr damit beschäftigt, Sabrina zu ficken. Wir schliefen
mittlerweile jeden Tag beieinander. Manchmal bei ihr, aber
meistens bei mir. Ich hatte meine Mutter besser unter
Kontrolle als sie ihre. Sie lebte mit ihrer Mutter, ihrem
Stiefvater und ihren zwei Halbgeschwistern unter einem Dach
in einer kleinen Wohnung. Nicht dass ihre Mutter was dagegen
gehabt hätte, dass ich bei ihnen übernachte, aber ich glaub,
Sabrina war es peinlich, dass beide tranken. Ihre Mutter und
ihr Stiefvater hatten beide immer einen Rausch.
Ich hatte damit kein Problem. Auch wenn mich ihr Stiefvater
immer betrunken anquatschte, wenn ich an ihm vorbeiging.
Trinken war doch lustig! Also wo ist das Problem? Wir
machten es auch, also warum sollte man sich schämen, wenn
die Eltern auch so sind. Da sieht man, dass der Apfel wirklich
nicht weit vom Stamm fällt.
Ich wäre gerne meinen Eltern näher gewesen. Aber wir hatten
nichts gemeinsam. Nicht einmal das Trinken und Rauchen.
Sie hielten von dem allem gar nichts. Meine Mutter hatte es
nach langen Diskussionen eingesehen, dass ich eine Freundin
hatte und dass sie bei mir schlief. Sie gewöhnte sich schnell
daran, dass die Dinge so waren, wie sie nun mal waren. Wir
hatten jetzt einen Dauergast. Nur um die Mittagszeit
verschwand sie immer. Meine Mutter verstand nicht, warum
sie nie zum Essen bleiben wollte. Aber sie kam immer wieder
zu mir und blieb dann wieder bis zum nächsten Morgen. Da

blieb einfach keine Zeit zum Lernen. Und es blieb auch nicht viel Zeit für meine Freunde Martin und Jotta. Sabrina und ich hatten kein Problem, mit den beiden etwas zu unternehmen, aber Jotta stellte sich wie eine Pussy an. Es ging einfach nicht gut, und nachdem wir es ein paar Mal ausprobiert hatten, musste ich einsehen: entweder sie oder die beiden. Die Entscheidung kam irgendwie schleichend. Ich hatte einfach angefangen, mich nicht mehr mit den beiden zu treffen. Sabrina hatte dann doch die besseren zwei Argumente.

Für mein schlechtes Englisch konnte ich keinem die Schuld geben. Vielleicht meiner Libido. Aber auch das war nur eine Ausrede und ein Wegschieben. Englisch blieb mir sehr lange ein Rätsel. In der Schule kam ich schon lange nicht mehr mit und in meiner Freizeit war keiner vorhanden, mit dem ich üben konnte.

An einem Montag im September war meine Prüfung, an diesem Tag sollte es sich entscheiden, ob ich weiterkomme oder die Klasse wiederholen sollte. Ich hatte die letzten drei Tage nichts anderes gemacht, als meine Nase in Englisch-Bücher und -Mitschriften zu halten. Es hatte nicht wirklich geholfen. Ich war immer noch so unsicher, wenn ich englisch reden musste. Schriftlich war ich etwas besser, also hoffte ich, dass sich die ganze Sache schriftlich erledigen ließ. Dem war nicht so. Ich musste müdlich auch noch dran. Es war eine Katastrophe. Ich stotterte etwas zusammen, das hörte sich nicht mehr schön an. Ich war einfach zu nervös. Selbst unter anderen Bedingungen hätte ich mehr als die Hälfte nicht gewusst. Als ich dann das Ergebnis meiner Prüfung erfuhr, erstarrte ich als Erstes. Mir war klar, ich musste das Jahr wiederholen. Ein glatter Fünfer. Da gab es nichts zu machen.

„Alles okay bei dir?", fragte mich die Professorin.

„Ich denke schon. Danke."

„Was werden deine Eltern dazu sagen?"

„Eltern?" Ich überlegte. Was würden meine Eltern dazu sagen? Mein Vater, wenn er es mit fünf Jahren Verspätung herausfände, würde mich nur Idiot nennen und so etwas sagen wie:

„War doch klar, dass das nichts wird. So was habe ich gleich kommen sehen!"

Der alte Sack hatte kein bisschen Vertrauen zu mir. Und meine Mutter? Ja, meiner Mutter würde ich es erzählen, sie wäre zwar nicht erfreut darüber, würde mir aber auch keine Szene machen deswegen, dessen war ich mir sicher.

„Meine Eltern ...", überlegte ich nochmals laut.

„Ist es schwierig bei dir zu Hause?"

„Was schwierig! Was redet sie jetzt?", dachte ich. Nach kurzem Überlegen wusste ich, was sie hören wollte.

„Nein. Na ja, ich weiß nicht. Ich glaube, mein Vater wird mich umbringen, wenn ich jetzt nach Hause komme", stammelte ich vor mich hin, so als würde ich englisch reden.

„Nein, der wird dich schon nicht umbringen", lächelte sie mir entgegen.

„Sterben werde ich durch den Gürtel nicht, aber es tut höllisch weh."

Ihr Lächeln war verschwunden.

„Oh mein Gott!" Jetzt hatte ich sie! „Was machen wir nur mit dir?", überlegte sie.

„Ich weiß es nicht", antwortete ich unter zwei Tränen. Jetzt kam mir das Theaterspielen aus der Unterstufe zu Hilfe.

Als ich wieder zu Hause war, wartete schon meine Mutter gespannt auf mich. So aufgeregt war sie, glaub ich, noch nie gewesen, wenn es um mich ging. Das ganze Jahr hatte sie sich einen Dreck darum gekümmert, ob ich Hausaufgaben machte oder lernte. Und jetzt wollte sie auf einmal Interesse zeigen?! Ich hatte sowieso nicht viel zu erzählen.

„Tom, erzähl! Wie ist es gelaufen?"

„Ich habe bestanden." Ich ging in mein Zimmer und schloss die Tür hinter mir ab. Seit einiger Zeit hatte ich ein Schloss an meiner Zimmertür. Zum Ersten, damit mein kleiner Bruder nicht in mein Zimmer kam und meine Sachen durchwühlte, wenn ich nicht da war. Und zum anderen, weil meine Mutter Sabrina und mich einmal erwischte, als sie gerade auf mir draufsaß und mich ritt. Nach diesem und einem anderen Zwischenfall, bei dem sie verknotete Kondome unter meinem Bett gefunden hatte, wollte sie sowieso nicht mehr in mein Zimmer, glaub ich. Sie fand es so ekelhaft, dass sie mir eine Standpauke hielt. Dabei sollte sie froh sein, dass ich überhaupt welche benutzte. Hätte sie an so etwas gedacht, hätten wir dieses Gespräch nicht führen müssen.

Sabrina kam am Abend zu mir und ich trank und fickte mich glücklich mit ihr. Dabei hatte ich nichts zu lachen. Ich wusste, dass ich eigentlich nicht bestanden hatte und dass es kein Entkommen gab. Ich würde nächstes Jahr wieder dieselben Probleme in Englisch haben. Sogar noch schlimmere. Da konnte ich mich noch so sehr anstrengen. Ich würde es nicht schaffen. Also was sollte ich in einer Klasse machen, die ich nie schaffen würde?

Aber für den Moment war es mir egal. Ich war einer von 20 Schülern der Klasse, die es geschafft hatten. Die anderen mussten wiederholen oder waren ganz von der Schule gegangen. Leider auch Nadin. Ich würde sie im nächsten Jahr nicht mehr sehen. Aber ich war gespannt auf die neuen, die wir in der Klasse haben würden. Schließlich waren auch in den zweiten Klassen Leute sitzen geblieben. Die hatten jetzt wir in der Klasse.

Eine von den Neuen war Ina. Ein groß gewachsenes Mädchen mit einem echt netten Vorbau. Sie hatte blondes Haar und das passte wie die Faust aufs Auge. Denn sie war dumm. Und wenn ich dumm sage, meine ich dumm.

Ich weiß nicht, wie die Frau den Kindergarten mit den verschiedenfarbigen geometrischen Körpern geschafft hatte, die man in das entsprechende Loch stecken musste.

Das beste Beispiel dafür war, als ich einmal sagte:

„Ina, dein Leiberl brennt! Zieh es schnell aus!"

Sie wollte sich gerade das T-Shirt über den Kopf ziehen, als sie bemerkte, dass sie gar nicht in Flammen stand.

„Nein, nicht wirklich, oder?", fragte sie mich.

Ich lachte über ihre Dummheit und war froh zu wissen, welchen BH sie heute trug. Denn auch so konnte man sich Mitschriften erarbeiten. Man musste nur jemanden zum Wetten finden. Es ging so, ich beobachtete ein Mädchen der Klasse ganz genau, über den ganzen Tag, und wenn sie sich gerade bückte oder die Treppen raufging oder wenn sie sonstige Bewegungen machte, schaute ich, ob ich die Farbe ihrer Unterwäsche erkennen konnte. Wenn ich dann die Farbe wusste, suchte ich mir ein Opfer. Meistens zog ich es bei den Proleten in der Klasse ab. Die hatten zwar keine guten Mitschriften, aber sie waren leicht zu bekommen.

So fing das neue Jahr genauso an wie das erste. Ich war kaum geistig anwesend, schrieb nicht mit und trank in der Mittagspause mittlerweile zwei Bier statt einem. Meistens ging ich mit Andre, Brix, Reed und den paar anderen Kiffern aus unserer Klasse zusammen in den Park. Die Professoren waren auch nicht klüger geworden. Aber wahrscheinlich ignorierten sie es nur. Ich hatte schon zweimal erlebt, dass ein Schüler nach der Mittagspause während des Unterrichts in der Klasse kotzen musste. Nie wurde ein Wort verloren. Aber hatte man rote Augen im Unterricht, war das gleich gemeingefährlich. Kiffen wurde strenger gesehen als Alkoholtrinken.

Einer aus meiner Klasse, er hieß M. und war einer der Neuen, hatte eine Laborbrille, die rote Gläser hatte. Genial, so was fällt auch nur bekifften Leuten ein. Ich borgte sie mir manchmal nach der Mittagspause aus, denn ich hatte immer knallig rote Augen, wenn ich kiffte. Durch die Brille konnte ich normal an den Lehrern vorbeigehen, ohne dass sie was sagten. Sie schauten vielleicht komisch, aber das war es dann auch. Die anderen hatten das Problem mit den roten Augen nicht so. Dafür kifften sie zu viel in ihrer Freizeit. Ich selbst trank lieber mein Bier. Nur hin und wieder rauchte ich im Park mit oder ich kaufte ein bisschen für Sabrina und mich. Nur einmal in diesem Jahr sprach mich ein Lehrer darauf an, ob ich etwas getrunken hatte. Ich verneinte und machte meine Laborarbeiten weiter. Ich war ein guter Schüler, was das Labor betraf. Ich nannte mich selbst den Meister der Schätzometrie. Ich schaffte es, die Bestandteile und prozentuellen Verteilungen in einer Probe zu schätzen, und zwar so, dass ich damit recht gute Noten bekam. Natürlich funktionierte das nicht immer, aber doch meistens. Ich machte es auf jeden Fall die ersten zwei Jahre an dieser Schule.

7.

Zu Hause lief es nicht gut. Sabrina, die mittlerweile so gut wie bei mir wohnte, hatte so viele Sachen bei mir. Ich glaube, sie hatte mehr Klamotten in meinem Zimmer als ich. Sie war auf die Idee gekommen zusammenzuziehen. Ich hielt davon nicht viel.

„Du sagst doch immer, du hältst es zu Hause nicht aus?!" Ich weiß nicht, wie oft ich mir das anhören musste. Natürlich regte ich mich wirklich über die Lage bei mir zu Hause auf, aber das hieß eigentlich nur, dass ich ausziehe und nicht, dass wir zusammenziehen. Ich wusste wirklich nicht, wie ich mich da wieder herausreden sollte. Wir hatten sogar eine Wohnung im Auge oder besser gesagt sie. Es war die Wohnung ihrer verstorbenen Großeltern. Die Wohnung war groß. So groß, dass wir sie uns alleine nie leisten könnten, also müsste noch ein Dritter einziehen. Ich war nicht begeistert, aber je energischer ich darauf bestand, die Sache ruhig anzugehen und nicht gleich loszupacken, umso mehr wollte sie unbedingt ausziehen. Gleich morgen am liebsten.

Währenddessen hatte meine Mutter versucht mich in einen Nachhilfekurs für Englisch zu stecken. Sie hatte es nur gut gemeint, aber ich ging so gut wie nie hin. Des Öfteren läutete mein Handy wie wild. Ich hob nicht ab, ich war beschäftigt. Wenn Sabrina und ich nicht gerade stritten, fickten wir. Da war keine Zeit mehr, um in den Englisch-Nachhilfekurs zu gehen. Des Öfteren stritt ich deswegen auch mit meiner Mutter. Sie erzählte irgendwas davon, wie viel Geld das kostete, dabei war mir das alles mehr als egal, solange ich Sabrina ficken konnte. Meine Mutter redete auf mich ein und ich sah, wie sich ihr Kiefer bewegte, aber was sie sprach, kam bei mir nicht an.

Machmal hatte ich das Gefühl, dass ich mit den Menschen in meiner Umgebung nur stritt und diskutierte. Mit meinen Eltern, mit meinen Professoren und natürlich mit meiner Freundin.

Ich war gut darin. Ich machte es richtig gern. Nur die Diskussionen mit Sabrina hätte ich mir sparen können. Ich musste extrem vorsichtig sein, was ich sagte. Ich neigte dazu, extrem auszurasten und Sachen von mir zu geben, die ich vielleicht lieber nicht gesagt hätte. Ich konnte schon sehr verletzend und ausfallend werden. Und ich liebte es.

Bei Sabrina war die Situation sehr heikel. Ihr bester Freund hatte sich im Sommer vor einen Zug geworfen. Er wurde nur 17 Jahre alt. Ich wusste nicht, was ich davon halten sollte. Ich hatte nur ein paar Mal mit ihm geredet und das nicht gerade lang. Er kam mir wie ein Junge aus einem Goethe-Stück vor.

Verliebt und verloren. Der Sack wollte etwas von meiner Freundin. Dann bringt er sich um. Was will er damit beweisen? Ewige Liebe? Lächerlich! Er machte gar kein Geheimnis daraus, dass er Sabrina auch gerne mal gefickt hätte. Sie wusste es also, und sosehr ich auch eifersüchtig war, was die beiden anging, glaubte ich ihr, dass zwischen den beiden nichts Körperliches gelaufen ist. Doch war ich etwas froh darüber, dass er weg war. Anfangs.

In die Schule ging ich wieder gerne. Es lag daran, dass ich an einem recht sonnigen Tag ein Mädchen beobachtete. Ich hatte sie noch nie an der Schule gesehen. Sie trug eine rot karierte Hose, ein schwarzes Ramones-Leiberl und ging auf der gegenüberliegenden Seite in Richtung des Schuleinganges. Ich hoffte jeden Tag sie wiederzusehen und so ging ich wieder zur Schule. Zumindest Dienstag, Mittwoch und Donnerstag. Montag und Freitag hielt ich mir gerne frei. Ich brauchte einfach ein längeres Wochenende.

An den Wochenenden hatte ich mir mittlerweile angewöhnt, mit ein paar Leuten aus meiner Klasse fortzugehen. Da waren Markus, seine Freundin, die nicht an unserer Schule war, Fabi, das Anhängsel von Lenny, der mittlerweile Markus´ Schatten war, Blue und Decia. Wir gingen in die Stadt saufen. Der Schwedenplatz war eine Ansammlung der verschiedensten Lokale und Leute. Wir hatten unser Stammlokal. Das Morgans. In dem wir so gut wie jedes Wochenende drinnen saßen. Es war ein kleines Lokal und das Publikum schien immer dasselbe zu sein. Junge Menschen, die sich niedersoffen, und ein paar alte Säcke, die hofften, ein betrunkenes junges Mädel abzubekommen.

Wir tranken und rauchten meistens, bis das Lokal zusperrte. Das war meistens so um 4 Uhr in der Früh. Danach hieß es für uns meistens ab nach Hause. Und den Rausch ausschlafen. Den Sonntag irgendwie im Bett überstehen, Montag, wenn das Wetter schön war, im Park verbringen, und dann war schon wieder Dienstag und Schule.

So ging das das ganze erste Halbjahr. Immer wieder trafen wir uns am Wochenende in der Stadt und soffen um die Wette. Lustige Geschichten hatten sich so ergeben, die wir natürlich in der Schule nachbesprachen. Meine liebste Geschichte ist wohl die, in der Fabi von einem Mädel den Rücken vollgekotzt bekam. Sie ging mitten im Lokal an ihm vorbei. An ihrem Blick konnte man schon sehen, dass irgendetwas nicht stimmte. Eine Freundin hielt sie und versuchte sie, so gut es ging, an den anderen Lokalgästen vorbeizubekommen. Sie hielt sich die Hand vor den Mund, aber da war es schon zu spät. Eine Fontäne aus Kotze kam aus ihr heraus und erwischte Fabi genau am Rücken, auf sein weißes Hemd.

Wir hatten alle etwas zu lachen, nur nicht das Mädel, das gekotzt hatte, und Fabi, den sie mit ihrem Mageninhalt erwischt hatte. Aber wir hatten auch so immer ein Lachen im Gesicht, auch wenn es nicht gerade Kotze auf einen von uns regnete. Meistens lag es daran, dass wir eine Menge illegaler Drogen in uns hatten.

In der Schule hielten wir uns nicht mehr zurück. Wir waren wach!! Wir waren auf einer anderen Welle. Wir wollten die Welt anders erleben. In manchen Pausen suchten wir uns eine leere Klasse und legten uns dort Kokain auf. Wir legten eine Line von ungefähr einem Meter. Vier Leute mussten daran ziehen, bevor es weg war. Andre, Brix, Reed und ich gaben uns größte Mühe, das Kokain so schnell wie möglich verschwinden zu lassen. Wir hatten nicht viel Zeit. Kokainziehen im dritten Stock und runterrennen, um eine Zigarette zu rauchen, denn ohne geht es nicht. Zigaretten waren wohl das Wichtigste, was ich hatte und brauchte in der Schule. Die ganzen Drogen, Alkohohl, das Fortgehen und die sogenannten Freunde brauchte ich nicht. Ich brauchte nur eine Zigarette. Jede Pause ging ich runter in den Raucherhof, um mich zu sammeln und zu entspannen. Hin und wieder rauchten die Giftler aus der Schule einen Ofen im Raucherhof. Ich stellte mich meistens dazu. Die Drogenkinder der Schule waren zwar Drogenkinder, aber sie waren zumindest interessanter als die anderen Spassten in der Schule.

Die Schultage gingen an mir vorbei wie sonst was. Ich war mehr wach als nüchtern. Ich versuchte mich so gut wie möglich einzufinden in den Fächern, die nicht ganz verloren schienen. Englisch, Deutsch und Geschichte würde ich dieses Jahr nicht schaffen. Dessen war ich mir sicher. Selbst wenn ich Deutsch und Geschichte schaffen würde, blieb da immer noch Englisch. Meine Professorin würde mich sicher nicht noch einmal durchkommen lassen, einfach so. Dessen war ich mir auch sicher. Ich musste mir etwas überlegen. Und zwar schnell. Leider war ich die meiste Zeit betrunken und so hielt ich es für eine gute Idee, einfach sitzenzubleiben. Ich gab auf und das, obwohl meine Mutter immer sagte: „Aufgeben tut man nur einen Brief."

Mir war klar, dass ich die Klasse nicht schaffen würde. Also was tun? Einfach Wiederholung! Ich ging nur noch in die Schule, um mir dort mein Gras zu besogen. Für etwas anderes fand ich die Schue nicht gut genug. Sie war eine Ansammlung von Idioten. Die einen waren Fachidioten und die anderen waren Weltidioten. Man konnte sie kaum auseinanderhalten. Nur wenn sie vom Wochenende redeten, konnte man sie unterscheiden. Obwohl auch ihr Aussehen unterschiedlich war. Während die Fachidioten normal gekleidet waren, waren die Weltidioten in Armeehosen und bedruckte Leiberl gekleidet.

Die zweite Klasse war nicht wirklich anders als die erste Klasse. Wir hatten viele Stunden Labor und mussten eine Arbeit nach der anderen abgeben. Ich war ein guter Laborant. Ich weiß nicht, ob es an der Schätzometrie lag, aber ich hatte nur im Labor Selbstvertauen. Deswegen ging ich dort auch immer regelmäßig hin. Niemand konnte mir im Labor etwas anhaben. Ich war einfach gut. Egal wie viel Alkohol ich in der Mittagspause trank, egal wie viel Gras ich rauchte. Sobald ich im Labor war, hatte ich ein Selbstbewusstsein, das schon an Hochmut kratzte.

Leider konnte ich meine guten Erfolge nur im Labor feiern. Sonst war ich durchschnittlich bis schlecht. Meine Mutter bekam von alledem nichts mit und mein Vater erst recht nicht. Ich war auf mich alleine gestellt und sah ein, dass ich mich dieses Jahr nicht mehr anstrengen müsste. Ich hatte keine Chance gegen die Englisch-Professorin. Die anderen Fächer gingen mir auch ziemlich auf die Nerven und ich versuchte, so gut wie möglich im Unterricht nicht aufzupassen. Meine Bemühungen machten sich belohnt. Im Halbjahr hatte ich sieben Fünfer im Zeugnis. Und ich hatte nicht das Gefühl, es verbessern zu können.

Während meine Mutter mein Zeugnis doch mit Sorge entgegennahm, machte mein Vater keinen Mucks. Ihm war alles egal und mit der Zeit glaubte ich zu wissen, warum mir auch alles so egal war. Ich war eben doch der Sohn meines Vaters. Und während er ein verpfuschtes Leben führte, machte ich mir Gedanken darüber, nie so zu enden wie er.

Mein Vater war kein dummer Mann. Er war aber auch nicht der Cleverste. Wäre er klüger gewesen, hätte er sich wohl besser um mich gekümmert. Aber dazu war er nicht fähig. Während er versuchte, seine zweite Ehe zu retten, versuchte ich so gut wie möglich sitzenzubleiben. Ich ging nur noch mit zwei Stunden Verspätung in den Unterricht und das auch immer mit einem guten Rausch im Kopf. Ich war so wütend auf diese Situation. In den chemischen und naturwissenschaftlichen Fächern war ich gut. Sie interessierten mich und so fiel mir das Lernen leicht. Aber in den allgemeinbildenden Fächern war ich eine Niete. Wie sollte ich diese Schule schaffen und das noch fünf Jahre lang, wenn ich nicht einmal die zweite Klasse schaffen würde? Ich war öfter in der Schule, als man vielleicht denken mag, aber man darf nicht vergessen, dass mein ganzes Sozialleben in der Schule stattfand. Martin und Jotta waren lange Geschichte, und meine Freundin Sabrina ging mir mit jedem Tag mehr auf die Nerven. Immer wieder redete sie von Zusammenziehen und wie schön es wäre.

Also blieb da nur noch die Schule, und während die meisten sich nicht trauten aus ihrer Haut zu kommen, kam ich richtig in die Gänge. Ich versuchte mich als Schulsprecher.

Es war ein Witz! Nicht mehr. Ich wollte nur schauen, wie weit man diesen Blödsinn treiben kann. Die Schüler würden mich wählen, ohne zu wissen, was ich im Sinn hatte. Ich wollte nur ein bisschen Unruhe stiften. Markus, einer, der die Klasse wiederholte und jetzt bei uns saß, ließ sich auch als Schulsprecher aufstellen. Ich gab mir nicht solche Mühe wie er. Er ging durch die Klassen und stellte sich vor und besprach seine Themen, die er an der Schule durchbringen wollte.

Dadurch, dass wir im letzten halben Jahr öfter miteinander vorgegangen waren, hatte Markus wohl eine gewisse Art von Sympathie für mich entwickelt. Nicht dass er mich wirklich mochte, aber ich glaube, er hielt mich für kontrollierbar. Deswegen machte er in jeder Klasse, in der er sich vorstellte, auch eine Rede darüber, dass sie mich als Zweiten wählen sollten.

Ich selbst ging nur in den Raucherhof, um es dort zu verbreiten, dass ich mich als Schulsprecher aufstellte. Ich wurde es nicht. Nicht dass ich es gewollt hätte.

Es war nur ein Sozialexperiment gewesen. Wie viele Idioten braucht man, um einen Idioten in ein Amt zu wählen? Ich wurde Zweiter. Somit Stellvertreter.

Markus wurde Erster. Es war genau was für ihn. Er war ein großgewachsener bärtiger Typ, der mehr als viele andere an einer Hybris litt. Es war anstrengend mit seinem Größenwahn. Dazu kam, dass die meisten ihn auch noch in seinem Wahn unterstützten. Er glaubte echt, er könnte irgendwas an der Schule und ihrem System ändern. Aber er machte es nicht schlecht! Durch seine neu gewonnene Macht hatte er viele Kontakte zu Professoren. So kam es dazu, dass in seiner Schulzeit der eine oder andere Fünfer in einen Vierer verwandelt wurde.

Ich selbst konnte das nicht so gut nutzen wie Markus. Meine Fünfer im Zeugnis blieben, und spätestens in der zweiten Hälfte des zweiten Halbjahres war mir klar, das wird nichts. Ich würde die Klasse wiederholen.

8.

Mein kleiner Bruder, auch wenn er nur mein Halbbruder war, war immer öfter im Krankenhaus und das machte mir zu schaffen. Irgendein Hormon wurde in seinem Gehirn abgeklemmt, aber ich bin mir ziemlich sicher, dass da noch mehr abgeklemmt wurde. Man konnte kein normales Wort mit ihm reden. Er war einfach ein Idiot, der neben mir im Zimmer wohnte. Ein Bruder eines anderen Vaters.

Ja, meine Mutter war eine Hure! Sie hatte eine neue Familie gegründet. Dabei konnte ich ihr das nicht mal übelnehmen. Schließlich hatte mein Vater sie verlassen. Er hatte eine Neue kennen gelernt und dann auf uns geschissen. Nicht, dass meine Mutter besser war. Denn auch sie hatte einfach eine neue Familie gegründet. Dabei fragte ich mich immer: Wo ist meine Familie?

Diese gab es nicht und wenn doch, dann nur bis zu meinem
zweiten Lebensjahr, denn als ich zwei wurde, ließ mein Vater
sich von meiner Mutter scheiden. Meine Familie war zerstört.
Sie gab es nicht mehr.
Meine Mutter heiratete noch mal und bekam meinen Bruder.
Ihr neuer Mann war ein dicker kleiner Kerl. Er hatte ziemlich
Spaß daran, mich zu quälen. Nicht dass er mich schlug, aber
er zwickte mich immer, wenn niemand hinschaute. Dabei
hatte er auch eine tolle Art, dank der ich mich wie der letzte
Dreck fühlte. Es waren seine Kommentare zu allem, was ich
machte. Ich hasste ihn! Zum Glück funktionierte auch diese
Ehe meiner Mutter nicht. Leider gab es ein Ergebnis dieser
Verbindung. Meinen Bruder Phil.
Ich hasste diesen kleinen Kerl. Er war das Ebenbild seines
dummen Vaters. Ich konnte nicht länger mit ihm in einer
Wohnung leben. Ich ertrug es nicht. So sehr, dass ich sogar
wirklich darüber nachdachte, mit Sabrina zusammenzuziehen.
Dabei lief unsere Beziehung alles andere als gut. Wir stritten
jeden Tag. Natürlich hatten wir auch jeden Tag tollen
Versöhnungssex, aber es wurde mir mit der Zeit zu blöd. Ich
war in einem Zustand, in dem ich nichts mehr ertragen
konnte. Meine Mutter, meinen Vater, meinen Bruder, die
Schule, meine Freunde, einfach mein ganzes beschissenes
Leben. Ich musste mich jeden Tag glücklich trinken. Es
funktionierte. Solange ich halt besoffen war, aber sobald ich
nüchtern wurde, schlug die Depression wieder zu. Ich bekam
mit der Zeit schreckliche Rückenschmerzen. Sie waren
manchmal so stark, dass ich nicht aufstehen konnte, dass ich
mich nicht bewegen konnte. Eine Zeitlang halfen der Alk, der
Sex und die Drogen. Aber die Rückenschmerzen wurden
immer unerträglicher. Irgendwie war es mir wohl klar, dass ich
depressiv war. Die Ursache meiner Rückenschmerzen war viel
unterdrückte Wut. Ich beschloss einen Therapeuten
aufzusuchen. Ich wusste nicht, wie ich es alleine schaffen
sollte, also ging ich zu meiner Mutter. Sie hielt es für einen
Witz! Irgendwie verstand ich sie auch. Sie wusste nichts von
meinen Bedenken, was das Leben anging, von meinem
Alkoholismus und von meinen unerträglichen
Rückenschmerzen. Ich fragte sie also, ob sie jemanden kenne,
der mir helfen konnte. Sie tat das, was sie für richtig hielt,

und das war, mich nicht ernst zu nehmen. Hätte ich ihr erzählt, dass ich einen Tag vor diesem Gespräch eine halbe Stunde am U-Bahn-Bahnsteig gestanden war und mir überlegt hatte, alles jetzt und hier zu beenden, hätte sie es vielleicht ernster genommen. Aber ich wollte ihr so etwas nicht erzählen. Also trank ich weiter, um den Schmerz zu vergessen. Zwei Wochen später hatte ich genug Mut oder ich war betrunken genug, um meiner Mutter noch einmal deutlich zu sagen, dass ich so etwas wie einen Therapeuten brauchte.

Sie begriff wohl, dass es mir wichtig war und dass es mich viel Kraft gekostet hatte, sie danach zu fragen.

Zufälligerweise kannte sie eine Therapeutin. Sie hieß Jana. Die beiden kannten sich aus dem Heim, in dem meine Mutter groß geworden war. Jana war damals die Betreuerin gewesen und meine Mutter das Kind. Die Eltern meiner Mutter hatten sich immer einen Sohn gewünscht und waren demnach sehr enttäuscht, als meine Mutter kam. Sie steckten sie zu ihrer Großmutter, und nachdem die gestorben war, kam sie ins Heim. Die Mutter meiner Mutter habe ich nie getroffen, aber ich würde es gerne mal. Ich würde ihr ins Gesicht spucken und ihr dann sagen, dass meine Mutter der liebste Mensch auf der ganzen Welt ist, den ich kenne, und sie ein Idiot ist, wenn sie das nicht sieht. Wahrscheinlich würde es nicht helfen, aber mir würde es eine gewisse Art von Befriedigung geben, wenn ich ihr ins Gesicht kotzen könnte. Der Vater meiner Mutter war eine Nummer für sich. Er hatte die Familienwohnung angezündet, als meine Mutter als Kleinkind in ihrem Kinderbett lag. Meine Mutter überlebte ohne Schäden und mein Großvater mütterlicherseits ging in den Knast. Als er rauskam, kümmerte er sich um die Beziehung zwischen ihm und meiner Mutter. Ich traf ihn ein paar Mal. Er war ein glatzköpfiger Prolet. Zum Glück sah meine Mutter auch das Schlechte in ihm, wie ich, und brach den Kontakt ab.

Jana war Therapeutin, aber ich wollte nicht direkt mit ihr etwas zu tun haben. Ich wollte nur einen Kontakt von ihr. Und den bekam ich auch. Er hieß Klaus.

Klaus war Psychiater und der Ehemann von Jana. Ich hatte ihn schon ein paar Mal gesehen, bei Treffen zwischen meiner Mutter und ihrer früheren Betreuerin. Er war ein großgewachsener Mann mit einem Knebelbart und hatte immer ein buddhistisches Grinsen im Geschicht. Ich mochte ihn.

In die Schule ging ich nicht mehr, dafür ging ich jetzt in Therapie. Diese würde mir mehr helfen im Leben, war ich mir sicher. Die Praxis war im 22. Bezirk. Ich musste mit dem Zug über eine halbe Stunde hinfahren. Dabei überlegte ich mir, was ich zu sagen hätte. Mein Kopf war voll von Gedanken, die nur darauf warteten, formuliert zu werden. Aber wo anfangen? Ich ging in die Praxis und setzte mich in den Aufenthaltsraum. Nach einer Zeit schaute ich mich um und sah eine Pinnwand, an der mehrere Zettel hingen. Auf einem standen zwanzig Gründe, warum man eine Therapie besuchen sollte. Ich las mir die Begründungen durch. Von den 20 Gründen deckte ich 18 ab. Würde sich das mit der Zeit ändern? Ich hoffte.

Ich wurde aufgerufen und ging in den ersten Stock der Praxis. Klaus wartete schon auf mich und begrüßte mich herzlich. Ich fühlte mich gleich aufgehoben bei ihm. Es kam mir so vor, als könnte ich mit ihm über alles reden. In dem Zimmer, wo das Gespräch stattfand, waren ein Sofa und drei Sessel. In einen setzte er sich und dann war ich dran, mich zu setzen.

Es fiel mir schwer. Ich kann nicht genau sagen, warum. Vielleicht hatte ich Angst. Ja, Angst wird es gewesen sein. Sosehr ich mir einen Menschen gewünscht habe, mit dem ich reden kann, so sehr habe ich mich davor gefürchtet, nicht verstanden zu werden. Doch Klaus schien ganz okay zu sein, dachte ich mir. Also warum jetzt einen Rückzieher machen? Wir redeten fünfzig Minuten und ich fühlte mich beflügelt. Mir ging es besser und ich konnte für einen Moment meinen Schmerz und meine Sorgen vergessen. Er war ein guter Zuhörer und ich war froh darüber, dass ich diesen Schritt gewagt hatte.

Ich redete mit ihm über meine Familie und über meine Freunde. Ich konnte jedes Thema ansprechen. Mein Schulleben lief zwar nicht gut, dafür fühlte ich mich in meinem restlichen Leben sicherer. Einfach gestärkt. Die Therapie zeigte Wirkung. Ich bekam keine Rückenschmerzen mehr. Nur akut, wenn ich mich über etwas aufregte, was ich gerade nicht ausdrücken konnte. Aber es war eine Besserung zu sehen. Ich konnte mein Leben größtenteils ohne Schmerzen leben.

In der Therapie klärten sich einige Sachen. Es wurde deutlich, dass ich in der Beziehung mit Sabrina unglücklich war, und es wurde klar, dass ich eigentlich lieber eine Kochlehre begonnen hätte. Doch jetzt war ich schon in der HTL und ich wollte sie beenden, auch wenn ich wusste, dass ich die zweite Klasse wiederholen würde. Ich fand mich damit ab und versuchte die Zeit, die ich nicht in der Schule verbrachte, so gut wie möglich zu nutzen.

9.

Das Zeugnis der zweiten Klasse kam und ich hatte sieben Fünfer darin. Also nächstes Jahr noch einmal das Ganze. Warum denn nicht? Ich würde das schon schaffen, dachte ich mir, und zum Glück hatte ich so viele Fünfer, dass ich sie mir nicht im Sommer ausbessern konnte.
Ich verbrachte den Sommer so, wie ich auch das vergangene Jahr verbracht hatte. Mit Alkohol, Freunden und Sex. Sabrina und ich gingen oft in ein nahe gelegenes Punk-Lokal. Eigentlich war es ein Jugendzentrum. Aber alle, die dort hingingen, waren Punks und auch die, die das Ganze leiteten, waren alte Punks. Ich liebte die Zeit mit Sabrina dort in diesem Lokal. Wir hatten so viele Sommerabende dort verbracht. Rotwein getrunken und gepoggt. Doch ich wollte auch mit meinen neuen Schulfreunden was unternehmen und natürlich wollte ich, dass Sabrina dabei war. Sie hatte keine Lust auf andere Menschen und wer konnte ihr das schon verübeln. Schließlich hatte sie recht mit der Annahme, dass die meisten Menschen Idioten sind. Ich versuchte sie davon zu überzeugen, dass eben diese Idioten nicht wie alle anderen waren. Auch wenn sie Idioten waren, waren sie einzigartig und ich mochte ihre spezielle Dummheit. Leider konnte ich sie nicht davon überzeugen, meine neuen Freunde kennen zu lernen. Somit kam es immer öfter zum Streit zwischen uns. Es ging immer um dasselbe. Sie wollte nicht mit mir und meinen Freunden mitkommen und ich wollte nicht alleine mit ihr das Wochenende verbringen. Wir hatten auch so gut wie keinen Versöhnungssex mehr. Wir hatten gar keinen Sex mehr! Wir stritten nur noch, um ehrlich zu sein ...

Während der Sommer so dahinging, versuchte ich zu vergessen, dass ich wieder in einer neuen Klasse sitzen würde. Ich musste mir das ganze Jahr noch einmal anhören. Zum Glück war ich nicht oft anwesend gewesen und so würde vieles neu sein, dachte ich mir.

Es kam schlussendlich wirklich dazu, ich wiederholte die zweite Klasse. Es war kein böser Traum. Ich war durchgefallen. In der Unterstufe noch der Beste der Klasse und jetzt so etwas. Irgendetwas war falsch gelaufen. Zumindest war ich nicht alleine. Brix, mein Sitznachbar während der letzten zwei Jahre, hatte es auch nicht geschaft. Wir kamen in dieselbe Klasse.

Der erste Tag fand in einem der Kellerräume statt. Als ich die Klasse betrat, dachte ich mir: „Was sind das alles für kleine Kinder!" Dabei war ich nur ein Jahr älter als die anderen. Aber es kam mir wie Jahrhunderte vor.

Brix und ich setzten uns zusammen auf einen Tisch und checkten die Lage. Wer waren die Nerds der Klasse und wer waren die Drogenkinder der Klasse? Zu unserer Überraschung gab es keine Drogenkinder. In meiner letzten Klasse waren es 50 Prozent mit Drogenerfahrungen gewesen und jetzt so etwas. Natürlich gab es auch die Obercoolen, wie bei allen Ansammlungen von Menschen. Einer von ihnen hieß Stani mit Nachnamen. Er war so etwas wie der Anführer der coolen Kids. Natürlich versuchte er seinen Status aufrechtzuerhalten und dabei kamen Brix und ich ihm in die Quere. Wir waren Wiederholer. Älter. Raucher. Trinker. Schlicht und einfach cooler!

Stani versuchte genau einmal uns einzuschüchtern. Er saß hinter uns und beschoss uns mit kleinen zusammengeknüllten Zetteln.

„Was soll das?!", regte sich Brix auf.

„Lass mal. Ich mach das schon", sagte ich. Ich drehte mich um, schaute Stani in die Augen, ich hatte schon etwas getrunken und wusste genau, wenn ich es ihm jetzt nicht klarmache, wird er immer wieder versuchen uns zu ärgern. Also drehte ich mich um und sagte: „Wenn du das noch einmal machst, werde ich nicht zögern, über den Tisch zu kommen und dich so in den Arsch zu ficken, dass du das

ganze Jahr nicht mehr ruhig sitzen kannst." Das sagte ich so
ernst, wie es mir nur möglich war.

Es funktionierte. Brix und ich hatten nie wieder Probleme mit
ihm oder den anderen aus der Klasse. Einmal den Anführer
des Rudels eingeschüchtert, und die anderen lassen dich auch
in Ruhe.

Einer aus meiner neuen Klasse hatte diesen Moment mit Stani
wohl verpasst. Er hieß Otto und er war so etwas wie der
Punchingball von Stani und den anderen Idioten aus der
Klasse. Immer wieder wurde er während des Unterrichts mit
Sachen abgeschossen. Einmal stand Stani sogar auf und gab
ihm mitten im Unterricht eine Knackwatschen. Mit mir konnte
er so etwas zum Glück nicht machen. Das hatte ich in den
ersten paar Minuten unseres Kennenlernens geklärt. Das
restliche Jahr dachte ich immer wieder daran, wie es wohl
gelaufen wäre, hätte ich mich nicht bei seiner ersten Attacke
gewehrt. Ich war froh darüber, dass ich mit Brix hier in dieser
Klasse war. Neben ihm war ich stärker. Ich weiß nicht, ob ich
es ohne ihn geschafft hätte, in diese neue Klasse zu gehen.
Schließlich war ich es gewohnt, eben das nicht zu machen.

Es war eine riesige Umstellung, wieder jeden Tag pünktlich in
die Schule zu gehen. Obwohl, das mit dem Pünktlichsein
müsste ich noch üben. Auch in diesem Jahr verbrachte ich die
ersten ein, zwei Stunden des Schultages nicht in der Schule,
sondern in einem Fast-Food-Laden. Meistens wäre ich gar
nicht allzu spät gekommen. Wahrscheinlich wäre es sich sogar
ausgegangen. Aber was soll ich euch sagen? Ich hatte nichts
dazugelernt.

Es ergab sich so, dass ich bei meiner Ankunft kurz vor der
Schule immer ein Mädchen traf. Sie hieß Christine und ging in
meine Klasse. Sie war klein, blond und irgendwie süß. Wir
quatschten immer in der Früh, wenn wir uns trafen, und nach
einiger Zeit schwänze sie auch die ersten Stunden. Zusammen
saßen wir dann in dem Fast-Food-Lokal und machten
Hausaufgaben, lernten für Tests oder redeten einfach nur über
unser Leben.

Christine saß eine Reihe vor mir in der Klasse. Neben ihr saß
ein Mädel. Staci. Sie war groß, hatte lange braune Haare und
ein Lächeln, in das man sich verlieben musste. Schon am
ersten Tag, als ich sie sah, wusste ich, die werde ich mal

ficken. Warum auch nicht? Mit Sabrina lief es nicht gerade gut und ich war noch jung. Ich hatte nie vorgehabt, mich ewig an sie zu binden. Nie würde ich mit ihr zusammenwohnen wollen. Diese Beziehung hatte keine Zukunft. Dessen war ich mir klar. Also konnte ich mich umschauen.

Im ersten Jahr dachte ich noch, es gebe so gut wie keine feschen Mädels an der Schule, aber ich hatte mich geirrt. Man musste nur die Augen offen halten. Das Mädchen mit der karierten Hose und dem Ramones-Leiberl sah ich ein paar Wochen nach unserer ersten Begegnung, bei der ich sie, aber sie mich nicht gesehen hatte, wieder. Ich erfuhr sogar ihren Namen. Sie hieß Luna. Sie war mit Abstand das schönste Mädchen der Schule. Leider hatte sie einen Freund und der saß auch noch in meiner damaligen ersten 2. Klasse. Er hieß Kid. Er war ein unscheinbarer Typ, aber er hatte sich angewöhnt, bei den Drogenkindern der Schule abzuhängen. Somit traf auch ich ihn ein paar Mal. Ich hielt nicht viel von ihm. Er hatte, bevor er zu uns in die Klasse kam, nicht einmal geraucht. Geschweige denn Alkohol getrunken oder Gras geraucht. Aber ein halbes Jahr in unserer Klasse und er wurde ein Karlsplatzkind. Für die, die es nicht wissen: Dort treiben sich die Junkies rum. Kaufen und verkaufen ihre Drogen, Drogen-Ersatzmittel und ihren Körper. Er war ein Versager, wie er im Buche stand. Natürlich schaffte er die zweite Klasse nicht und ging dann auch von der Schule ab, nachdem er alle Drogen ausprobiert hatte, die es auf dem Schwarzmarkt zu kaufen gab.

Leider war dieses Arschloch von einem kleinen Junkie mit ihr zusammen. Luna. Es war im zweiten Jahr an der Schule, irgendwann Ende des Halbjahres, als sie in unsere Physikstunde platzte. Sie setzte sich, noch bevor der Lehrer im Saal war, und tat so, als gehörte sie in diese Klasse. Unser Physikprofessor war auch unser Klassenvorstand und wusste daher genau Bescheid, wer bei ihm im Unterricht zu sitzen hatte und wer nicht.

Aber sie war charmant. Schaute gut aus und hatte eine liebe Art, die man einfach nur mögen musste. Sie blieb also im Physikunterricht sitzen. Natürlich saß sie neben ihrem Freund, Kid. Ich musste irgendwie ihre Aufmerksamkeit erregen, aber ich wusste nicht, wie. Also ließ ich es bleiben.

Außerdem hatte ich eine Freundin, und auch wenn ich nicht glücklich war, wollte ich Sabrina nicht betrügen. Das war ich ihr schuldig. Denn so viel bedeutete sie mir schon noch, dachte ich.

Ich vergaß Luna und ihren idiotischen Freund. Doch im zweiten Halbjahr der zweiten Klasse, als ich sie zum zweiten Mal machte, traf ich sie immer öfter auf dem Nachhauseweg von der Schule. Wir fuhren mit derselben U-Bahn. Und wir unterhielten uns. Sie hatte mich schon ein paar Mal gesehen, bei den Drogenfreunden ihres Freundes. Wir hatten zwar nichts miteinander zu reden, aber das konnte ich jetzt ändern und das wollte ich auch. Ich wollte unbedingt mit ihr ins Gespräch kommen. Wer mit dem Reden angefangen hat, weiß ich nicht mehr, aber es kam dazu, dass wir eines Tages miteinander redeten. Wir sprachen über … keine Ahnung mehr. In meinem Kopf sah ich nur Pornoszenen, sobald ich mit ihr zu tun hatte. Ich wollte sie richtig hernehmen und ihr zeigen, was ich so konnte. Wir hätten zusammen sicher unseren Spaß. Fast jeden Tag hatten wir gleichzeitig aus und das, obwohl wir nicht in derselben Klasse saßen. Es war ein wunderschöner Zufall.

Ich fuhr immer einen kleinen Umweg, um längere Zeit mit Luna zu verbringen. Sie wartete mit mir bei ihrer Endstation auf meinen Anschlussbus. Mir war klar, dass wir füreinander mehr als Sympathie empfanden.

Irgendwann erfuhr ich über ein paar Ecken, dass sie nicht mehr mit Kid zusammen war. Ich freute mich und lud sie zu meiner Geburtstagsfeier ein. Es war eine große Party. Ich lud Brix, Andre, Reed, Markus und Freundin, Fabi, Christine – Christine nahm Staci mit – , Blue, Decia und Luna ein.

Sie, Luna, hatte einen Tag vor mir Geburtstag und ihr bester Freund Reed überredete sie, doch einen Sprung auf meine Party zu schauen. Ich hatte jede Menge Alkohol und Pizza zu Hause.

Die Party lief gut. Auch wenn sich die Leute in zwei Gruppen spalteten. Die einen gingen in mein Zimmer kiffen, und die anderen waren im Wohnzimmer und soffen ein Stamperl nach dem anderen. Meine Mutter und meinen Bruder hatte ich für das Wochenende aus der Wohnung rausgeworfen. Als die Party um Mitternacht gut am Laufen war und jeder schon

einen gewiesen Pegel hatte, war Luna noch immer nicht da.
„Verdammt!", dachte ich.
Sabrina, meine Freundin zu diesem Zeitpunkt, hatte ich nicht
auf die Party eingeladen. Sie hätte mir nur die Stimmung
vermiest. Ich wollte sie nicht dabeihaben und sagte es ihr
auch so. Natürlich führte es zu Streit, aber das war mir egal.
Unsere Beziehung war schon so gut wie tot.
Ich versuchte mich so gut, wie es mir möglich war, bei beiden
Gruppen sehen zu lassen. Bei den Kiffern und bei den
Säufern. Zwischendurch schob ich eine Pizza in den Ofen und
räumte die leeren Flaschen und Dosen weg.
Ich trank und rauchte. Irgendwann fragte ich Reed, wo Luna
blieb. Er war ihr bester Freund, und das war der einzige
Grund, warum ich ihn überhaupt eingeladen hatte. Ich wollte
unbedingt, dass Luna auf meine Party kam. Sie hatte ja selber
Geburtstag und somit genügend Gründe, selber zu feiern und
hier nicht aufzutauchen. Reed rief sie an und sagte mir dann:
„Sie kommt."
Ich ging in mein Kinderzimmer und setzte mich zu den Kiffern,
um etwas passiv wach zu werden. Doch dann läutete es an der
Tür. Es konnte nur eine Person sein. Und zwar Luna. Ich
machte ihr die Tür auf und sie kam herein. Doch nach ihr
kam noch einer herein. Er hieß Ronald und war seit drei
Sekunden ihr neuer Freund. Die beiden gingen schnell in mein
Zimmer und setzten sich zu den Drogenkindern. Ich war
deprimiert. Ich hatte gedacht, dass dies, diese Party, genau
der richtige Moment wäre, um mich an sie ranzumachen.
Warum tauchte sie auch mit ihrem Freund auf?
Irgendwann im Laufe der Feier hatte einer dieser Idioten von
Drogenkindern Ketamin ausgepackt. Ich hatte noch nie
Ketamin genommen und war sehr neugierig. Also war ich auch
so ein Idiot von Giftler. Ich nahm es. Danch konnte ich mich
kaum bewegen. Fabi, mit dem ich zu diesem Zeitpunkt sehr
gut befreundet war, erzählte ich von meiner neuen
Drogenerfahrung. Er wollte nichts mit Chemie zu tun haben.
Er war aber schon so angesoffen, dass er sich irgendwann zu
den Kiffern setzte. Er rauchte etwas Gras und ging dann
schlafen. Die anderen im Wohnzimmer waren alle schon so
besoffen, dass ich auf die Einrichtung hätte aufpassen sollen.
Aber ich war selber gerade in einer anderen Welt.

Ich ging in die Küche, um mich etwas auszuruhen. Mein Kopf explodierte. Ich brauchte Ruhe von all diesen Idioten, die nur Saufen und Kiffen im Kopf hatten. Also war ich in der Küche, die Musik war leise dort und ich griff in den Kühlschrank, um mir ein Bier aufzumachen. Nachdem ich meinen ersten Schluck genommen hatte, bemerkte ich sie. Luna. Sie war hier in der Küche und saß auf einem Stuhl. Wir unterhielten uns kurz über was auch immer. Dann hob sie mein T-Shirt und legte ihr Ohr auf meinen Bauch.

„Du hast einen schönen weichen Bauch", sagte sie.

Ich dachte nur: „Jetzt ist ihr Kopf schon in der Nähe meines Schwanzes. Soll ich ihn rausholen und ihr in den Mund stopfen?" Wie würde ihr Freund darüber denken? Egal, der war in meinem Zimmer und kiffte sich mit den anderen aus meiner Schule nieder. Also warum nicht die Hose aufmachen und ihn rausholen?

Es war nicht der richtige Moment. Es ging alles so schnell. Bevor ich auch nur wirklich den Versuch starten konnte meine Hose aufzumachen, war sie weg. Sie ging wieder zu ihrem Freund. Warum hatte sie sich etwas mit diesem Proleten angefangen, fragte ich mich. Ist doch abnormal! Anscheinend stand sie auf diese Idioten. Ich wollte zwar nicht genauso ein großer Idiot werden wie die anderen, aber ich wollte es so weit versuchen, dass ich sie rumbekommen würde.

Die Party ging zu Ende und ich schlief in der Badewanne. Auf meiner eigenen Party verbrachte ich die letzten Stunden lieber in der Badewanne als sonst wo. Eingesperrt und müde. Irgendetwas hatte ich eindeutig falsch gemacht. Aber die Party war ein voller Erfolg, alle hatten genug zu essen, zu trinken und Spaß. Am Morgen danach hatte ich eigentlich nur Probleme, den Grasgeruch aus der Wohnung zu bekommen. Alles andere hatte Reed in der Früh aufgeräumt. Er konnte nicht schlafen und wollte sich nützlich machen. Das kam mir sehr gelegen.

Als meine Mutter mit meinem Bruder nach Hause kam, war alles wieder in Ordnung. Und man konnte gar nicht sehen, dass hier eine Party stattgefunden hatte. Nur der Gruch war ein Problem.

Ich kippte die Fenster mehrere Stunden und sprühte mit
Raumsprays herum, um den Geruch loszuwerden.
Meiner Mutter fiel nichts auf, als sie nach Hause kam. Nur
mein kleiner Bruder, der Sack, fing an sich laut zu fragen, was
hier in der Wohnung so komisch roch. Ich schlug ihm auf die
Schulter und sagte ihm, er solle die Klappe halten. Es
funktionierte. Meine Mutter war sehr zufrieden darüber, wie
sie ihre Wohnung wieder vorgefunden hatte, und fragte dann:
„Hattest du Spaß?"
Ich nickte und ging in mein Zimmer.

10.

Meine Geburtstagsparty war vorübergegangen und es blieb ein
bitterer Nachgeschmack übrig. Ich hatte meine Freundin
Sabrina nicht eingeladen, und Luna, auf die ich stand, war ich
auch nicht nähergekommen. Ich stritt nur noch mit Sabrina
über so viele Kleinigkeiten. Es war zermürbend. Ich wollte frei
sein. Also suchte ich immer öfter den Streit mit ihr. Ich hatte
nicht die Eier dazu, ihr zu sagen, dass ich eine andere ficken
wollte. Ich stritt mit ihr bei jeder Gelegenheit und hoffte dabei,
sie würde die Beziehung beenden. Ich war nicht Mann genug
dafür, um ihr das zu sagen.
Die Streitereien wurden immer mehr und an einem Tag, als
ich wieder einmal bei meinen Freunden war und nicht bei ihr,
machte sie mit mir Schluss. Ich war im ersten Moment
traurig, denn wir waren sehr lange ein Paar gewesen und ich
wollte diese Zeit nicht missen. Doch es kam alles so, wie es
sollte. Eigentlich lief immer alles so, wie es sollte. Nur habe ich
das selber nicht immer so mitbekommen. Ich wollte Luna
ficken und nicht mehr Sabrina. Das Einzige, was mich davon
abhielt, war mein Gewissen. Es musste zwischen uns vorbei
sein, ehe ich mit Luna ernsthaft etwas versuchen würde.
Es war eine Home-Party bei Markus, als sie mit mir Schluss
machte. Sabrina war wie üblich nicht mitgekommen. Sie regte
sich auf, dass ich schon wieder ohne sie weg war. Aber ich
versuchte ihr so gut wie möglich zu vermitteln, dass das
eigentlich nur an ihr lag. Sie musste sich entscheiden, ob sie

etwas mit meinen Freunden zu tun haben wollte. Dabei
wusste sie genau, wie wichtig mir das war. Aber sie blieb stur.
Wir trennten uns. Mehr oder weniger beide einverständlich.
Sie wollte zwar noch an der Beziehung arbeiten, drei Wochen
später, aber ich war schon bei dem nächsten Mädel. Mit mir
konnte man nicht an einer Beziehung arbeiten. Entweder es
funktionierte oder nicht. Ich war frei. Frei von Verpflichtungen
und frei von gesellschaftlichen Konventionen.
Ich könnte sie, Luna, ficken, wenn ich es nur schaffen würde,
sie in einem günstigen Moment zu erwischen. Dieser Moment
kam. Blue machte eine Geburtstagsparty bei sich zu Hause,
draußen am Land. Und wir waren alle eingeladen. Wir
konnten sogar noch jemanden mitnehmen, also fragte ich
Luna, ob sie Lust hätte. Sie sagte Ja und kam mit.
An einem Freitag nach der Schule fuhren wir alle mit dem Zug
raus aufs Land, um bei Blue zu feiern. Wir saßen zu fünfzehn
im Zug und tranken schon mal ein bisschen auf Blue. Luna
saß mir gegenüber und sie machte andauernd so
Anspielungen. Ich kann gar nicht sagen, welche Worte sie
benutzte, aber alles, was sie sagte, kam mir pervers vor. Sie
war geil auf mich und ich geil auf sie, dessen war ich mir
sicher. Es würde nicht mehr lange dauern, dachte ich mir.
Als wir dann bei Blue draußen auf dem Land waren, ging die
Party erst richtig los. Blue hatte keinen Kontakt zu den
Drogenkindern der Schule, somit waren hauptsächlich Säufer
eingeladen und diese tranken ordentlich. Es war spät in der
Nacht oder früh am Morgen, wie man es halt sehen will, als
ich den Mut hatte, Luna so direkt wie möglich anzugraben.
Durch den ganzen Alkohol weiß ich nicht mehr, wie es dazu
kam, aber wir landeten in einem der vier Schlafzimmer des
Hauses. Wir küssten uns und ich begann sie auszuziehen.
Verdammt! War dieses Mädchen geil! Ich konnte sie gar nicht
schnell genug entkleiden. Als sie dann nackt vor mir lag und
ich ihr meinen Finger reinsteckte, bemerkte ich etwas. Was
war es? Ich dachte nach. Oh mein Gott! Die hat ihre Tage! Sie
hatte ein OB drinnen und ließ mich einfach weitermachen. Am
liebsten hätte ich ihr das dumme Ding rausgezogen und sie
gefickt, aber sie wollte schlussendlich nicht und sagte so
etwas wie: „Ich hab meine Periode. Können wir das auf ein
anderes Mal verschieben?"

Ich sagte Ja dazu, ging dann aus dem Zimmer, um mir noch ein Bier zu holen. Ich trank es aus und legte mich dann neben Luna schlafen. Wir schliefen beide so gut wie nackt in dem Bett einer fremden Person. Keine Ahnung, wem das Bett gehörte. Egal. Wir waren alleine.

Ich war zu besoffen, um mir Gedanken darum zu machen, dass ich mir beim Holen des Bieres aus der Küche eine Hose anziehen sollte, und so kam es, dass ich total besoffen ohne Hose mit einem Bier in der Hand dastand. Es war vier Uhr in der Früh, als ich mir das Bier holte. Ich traf Blue auf meinem Gang zur Küche.

„Was machst du?", fragte sie.

„Ich hab mir nur ein Bier geholt, aber jetzt geh ich wieder schlafen." Ich trank das Bier so schnell wie möglich aus und legte mich wieder neben Luna hin.

Der Morgen danach kam und ich wachte total besoffen neben einer wunderschönen Frau auf. Was kann schöner sein? Doch mein Rausch hatte an Kraft verloren. So ging ich in der Früh in die Küche, dieses Mal mit Hose, und holte mir ein Bier. Die anderen waren auch schon munter und warteten im Wohnzimmer auf mich bzw. uns. Wir waren die Letzten, die es in den Wohnbereich schafften.

Wir tranken alle noch etwas Bier und verabschiedeten uns dann. Luna und ich fuhren gemeinsam den größten Teil des Weges nach Hause.

Nach dieser Party war nichts mehr wie früher. Alle wussten über Luna und mich Bescheid. Auch wenn nichts passiert war, aber wir waren gemeinsam in einem Zimmer verschwunden. Sie hatte ihren Freund betrogen, ich hatte vor kurzem Sabrina verlassen. Luna war noch immer mit Ronald zusammen und das, obwohl wir beide wussten, dass wir was voneinander wollten. Die nächsten Wochen fuhr ich wie immer mit ihr mit, wenn wir uns nach der Schule getroffen hatten. Ich wartete nur darauf, dass sie es sagte.

Und eines schönen Nachmittags war es dann so weit.

„Ich hab mit Ronald Schluss gemacht."

Ich war froh darüber, wusste aber nicht, was das für uns zu bedeuten hatte. Ich fuhr weiter mit ihr mit und wir unterhielten uns immer sehr gut. Dann wieder einmal an einem Tag nach der Schule, als ich eigentlich schon dachte, das wird nichts mehr, fragte sie mich: „Willst du einmal zu mir kommen?"

Ich sagte Ja und war in freudiger Erwartung. Ich wollte unbedingt, dass sie meine nächste Freundin wird. Wie dumm war ich eigentlich!

Der Tag kam und ich war bei ihr. Ihre Eltern waren nicht zu Hause. Sie wohnte nicht weit von mir entfernt. Die Wohnung ihrer Eltern war riesig und schön eigerichtet. Ich fühlte mich gleich wohl. Luna und ich setzten uns ins Wohnzimmer und schauten etwas TV. Es lief „Pokémon – Der Film". Die erste halbe Stunde passten wir noch auf. Irgendwann dann aber fingen wir an uns zu küssen. Ich lag mit ihr auf der Couch im Wohnzimmer und begann sie auszuziehen. Sie hielt mich davon ab, entschuldigte sich kurz und ging ins Badezimmer. Als sie wieder zurückkam, hatte sie ein Negligé an und setzte sich auf mich drauf. Sie begann meine Hose auszuziehen, und als sie es geschaft hatte und wir beide nackt waren, fickten wir miteinander.

Es war umwerfend. Als wir fertig waren, legte sie sich vom Wohnzimmer in ihr Zimmer und schlief ein. Ich blieb noch eine Weile und begann Ketamin zu ziehen, welches ihr gehörte. Dabei gehörte es nicht einmal ihr, sondern sie bewahrte es für ihren Exfreund Kid auf, mit dem sie immer noch Kontakt hatte. Sie war so etwas wie seine Drogenbank. Ein Ort, an dem er seine Drogen bunkern konnte.

Da hatte er aber nicht mit mir gerechnet. Ich zog alles weg. Ich war so wach an dem Abend, dass ich alles um mich herum vergaß und mich irgendwann ernsthaft fragen musste: Wo bin ich und warum bin ich nackt? Nach einer gefühlten Ewigkeit kam Luna ins Wohnzimmer und fragte mich, was ich machte. Ich konnte kaum einen Satz reden, so high war ich. Sie war etwas wütend darüber, dass ich die Drogen ihres Ex gezogen hatte. Ich entschuldigte mich und versicherte ihr, dass ich alles zurückzahlen würde, und falls Kid Ärger machen würde, würde ich mit ihm reden. Dann zog ich weiter.

Es war ein gelungener Abend. Sex und Drugs. Nebenbei hörte ich Punk-Rock über meinen MP3-Player. Ich war zufrieden mit mir und meinem Tag.

Am Morgen danach war ich immer noch ziemlich betäubt von dem ganzen Ketamin. Ich versuchte so unauffällig wie möglich die Wohnung zu verlassen. Ich hatte es am Abend anscheinend nicht mehr in Lunas Zimmer geschafft. Ich lag immer noch im Wohnzimmer nackt auf dem Sofa. Ich zog mich an und versuchte leise die Wohnung zu verlassen. Es funktionierte nicht. Luna wachte auf. Sie kam zu mir, gab mir einen Kuss und fragte mich: „Ist alles okay zwischen uns?" „Ja natürlich", antwortete ich, „wir sehen uns am Montag in der Schule." Ich gab ihr noch einen Abschiedskuss und ging dann.

11.

Sabrina und ich hatten uns erst vor kurzem getrennt und ich hatte sie schon ersetzt. Ich ging von der einen Beziehung in die andere. So wollte ich es auch. Ich wollte mit Luna zusammen sein, auch wenn alle gegen uns waren. Ihre Freunde hielten mich für seltsam und meine Freunde sie. Sogar die Professoren waren gegen uns. Ein Professor sprach sie auf mich an. Als sie sagte: „Ja, ich treff mich mit ihm", war er ganz entsetzt.
Wir ließen uns davon nicht abhalten. Ich war verliebt und konnte nicht genug Zeit mit ihr verbringen. Wir sahen uns oft in der Schule und schauten natürlich, dass wir uns auch nach der Schule so oft, wie es ging, sahen. Leider waren ihre Eltern etwas komisch. Obwohl komisch nicht das richtige Wort war. Ich war es einfach nicht gewohnt. Luna lebte mit ihrer Mutter und ihrem Stiefvater zusammen. Diese wollten von ihr, dass sie im Haushalt mithilft. Absurd, wenn man mich fragt. Noch dazu kam, dass sie unter der Woche nicht auswärts schlafen durfte. Und so blieb mir nichts anderes übrig, als bei ihr zu übernachten. Das kam höchstens zwei Mal unter der Woche vor. „Wie seltsam", dachte ich mir. Ihre Eltern schienen sich um sie zu kümmern. Natürlich tat das meine Mutter auch, nicht mein Vater, aber sie erdrückte mich nicht so dabei wie Lunas Eltern sie.
Wenn ich am Wochenende bei ihr schlief, gab es am Morgen darauf immer ein Frühstück mit der ganzen Familie. Wie absurd, kann ich nur wiederholen. Gemeinsames Essen. Meine Mutter probierte so etwas auch zu machen, jeden

Sonnag um 18 Uhr, aber es war immer eine Katastrophe. Mein Bruder Phil und ich beschimpften einander bis aufs Blut. Machmal nahm ich Luna mit zu diesen Essen, aber ich bemerkte schnell, dass das nichts für sie war. Sie kam sich immer fehl am Platz vor, wenn mein Bruder und ich aufeinander losgingen. Dabei fühlte ich mich auch fehl am Platz in dieser Familie.

Bei ihren Eltern war das anders. Sie waren gebildet und nicht solche Proleten der zweiten und dritten Generation wie meine Familie. Ich war gern bei Luna zu Hause, auch wenn ich mir immer ein bisschen unter Beobachtung vorkam. Ich versuchte so nett und zuvorkommend wie möglich zu sein. Keine Ahnung, was ich für einen Eindruck bei ihnen hinterlassen hatte. Irgendwie war es mir auch egal. Ich wollte Luna. Nur Luna. Und nicht ihre Familie. Aber es war irgendwie schön. Es fühlte sich wie eine Ersatzfamilie an. Sie waren so nett zu mir und fragten mich immer nach meinem Befinden. Es war so anders als alles andere, was ich kannte.

Lunas bester Freund war wohl der Einzige, der für uns war. Luna war glücklich und ich glaube, ich war es auch. Schließlich war sie verdammt geil! Und ich konnte sie fast jeden Tag ficken. Was wollte ich mehr?

In der zweiten Klasse war es üblich, auf Skikurs mit der Klasse zu fahren. In meiner ersten 2. Klasse war ich nicht mitgefahren. Meine Familie hatte zu wenig Geld. Also zumindest zu wenig, um mir etwas davon abzugeben. Doch als ich die Klasse wiederholte, schwor ich mir, auf jeden Fall auf den Skikurs mitzufahren. Ich musste kürzer als erwartet auf meine Mutter einreden. Sie sah es ein, dass mir das wichtig war. Denn wo sollte der Klassenzusammenhalt besser entstehen als bei einem einwöchigen Ausflug?

Ich war froh darüber, dass ich dieses Mal dabei sein würde. Im letzten Jahr hatte ich es richtig bereut, nicht mitgefahren zu sein. Das restliche Jahr wurden in der Klasse nur Geschichten über den Skikurs erzählt. Ich war nicht dabei gewesen, somit hatte ich auch nichts zu reden. Dabei waren wirklich gute Geschichten entstanden, die ich natürlich hörte, aber es war etwas anderes, live dabei zu sein. Meine Lieblingsgeschichte war wohl die, in der einer meiner damaligen

Klassenkameraden auf seinem Zimmer mit einem Mädel aus der Parallelklasse seine Unschuld verlor.

Während die beiden auf dem Zimmer waren, stand meine halbe Klasse vor der verschlossenen Tür und lauschte. Sie hörten die beiden ficken, und dann beim Höhepunkt hörten sie, wie das Mädel laut „Si senore" schrie. Immer wieder. Die Meute vor dem Zimmer verschwand in die Dorfbar und wartete darauf, dass die beiden, die gerade noch schwitzend und nackt aufeinander herumgeturnt waren, kamen. Als es dann so weit war und die beiden die Bar betraten, schrien alle Anwesenden gleichzeitig: „Si senore." Es muss köstlich gewesen sein. Das Mädel rannte weinend wieder zurück.

Solche Geschichten und noch viele mehr von betrunkenen Schülern und Professoren wurden erzählt. Ich mein, die haben sogar mit den Lehrern Tequila getrunken und dann zu Après-Ski-Liedern gefeiert und mitgesungen. Die Professoren müssen nach den Geschichten, die ich gehört habe, richtig gut dabei gewesen sein, was das Trinken anging. Irgendwann an einem Abend kam ein Professor in die Zimmer, um zu kontrollieren, ob alle in ihren Zimmern waren. Er war so angetrunken, dass er es nicht richtig schaffte, über die Sieben hinaus zu zählen. Eigentlich sollten nur fünf Burschen in dem Zimmer sein, das er gerade kontrollierte, aber die halbe Klasse hatte sich versammelt.

Nachdem er sich verzählt hatte, begann der Professor wieder zu zählen. „Eins ... zwei ... drei ... vier ... fünf ... sechs ... sieben ... acht ...

Halt einmal", sagte er, dann schaute er auf seine Liste.

„Ich glaub, ihr seid zu viele in dem Zimmer. Wenn ich wiederkomme, sind alle auf ihren Zimmern, wo sie hingehören."

„Ja, Herr Professor", hallte es zurück. Eine Stunde später kam er wieder zurück, wurde mir erzählt. Nur um noch einmal mit dem Zählen anzufangen. Als würde man das nicht gleich auf einen Blick sehen, dass zu viele Mädels und Burschen in einem Zimmer waren. Aber er begann wieder zu zählen: „Eins ... zwei ... drei ... vier ... fünf ... sechs ... sieben ... acht ... neun ... sind jetzt mehr als vorher hier?" Das Zimmer lachte, nur der Professor nicht. Dieser starrte auf seine Liste und sagte dann: „Also irgendwas stimmt hier gar nicht. Wenn ich noch einmal kommen muss, will ich hier nur noch die Leute sehen, die auch wirklich in das Zimmer gehören." Er kam wirklich noch einmal, aber er schaffte es wieder nicht, alle durchzuzählen. Also ging er wieder und meine Klassenkameraden konnten weiterfeiern.

Ich selbst hoffte, dass es bei meinem Ausflug auch lustig werden würde. Und mit lustig meine ich Sex, Drugs und Rock 'n' Roll.

Sex konnte ich vergessen, denn Luna fuhr nicht mit und bei den anderen Weibern war ich mir nicht sicher, ob sie auf Männer standen. Drugs würde ich mitnehmen, und wenn es nur Alkohol wäre. Rock 'n' Roll war sowieso nicht mein Fall. Leider würde ich mir mit meiner Punkmusik nicht viele Freunde machen. Zum Glück war ich auf diesem Ausflug nicht auf Freunde angewiesen. Ich würde schon klarkommen, solange ich immer genug Sprit hätte.

Unsere Klasse traf sich an einem Montag um 8 Uhr vor der Schule zusammen mit der Parallelklasse und unseren Professoren. Der Bus kam und wir verstauten unsere Koffer, um uns dann in den Bus zu setzen. Ich setzte mich nach ganz hinten im Bus. In meinem Rucksack hatte ich genügend kleine Schnapsflaschen mit, um die Fahrt lustig zu gestalten. Zu mir setzten sich Julian, Dieter und Ohm Stani und Alex. Gleich in unserer Nähe waren die Mädels aus unserer Klasse. Christine, Staci und Chiara und Antonia.

Als der Bus losfuhr, reichte ich allen einen kleinen Schnaps und sagte: „Auf einen lustigen Ausflug. Prost!"

Nach einer Stunde Fahrt waren wir alle im hinteren Bereich des Busses ziemlich betrunken. Dementsprechend wurden wir immer lauter. Wir lachten und tranken. Irgendwann kam unser Klassenvorstand und fragte: „Was ist hier eigentlich los? Warum sind alle so gut gelaunt?"

„Herr Professor, wir freuen uns einfach nur auf den Skikurs mit Ihnen", sagte einer von uns. Professor G. blieb noch eine Weile bei uns und setzte sich drei Reihen vor uns hin. Wir ließen uns nicht davon abhalten und tranken weiter, bis der Schnaps weg war und wir alle so besoffen waren, dass wir einen kleinen Schlaf brauchten.

Als wir wieder aufwachten, waren wir angekommen. Wir waren mitten in den Bergen, und überall lag Schnee. Wir stiegen aus und begannen unsere Quartiere zu beziehen. Es waren zwei Stockwerke, auf die wir aufgeteilt waren. Im ersten Stock waren die Mädels, im zweiten Stock wir Burschen. So war es immer schon in der Geschichte der Schule gewesen. Lustigerweise kam es dazu, dass die Mädels, Christine, Staci, Antonia und Chiara plus Linda, in dem Zimmer neben uns im zweiten Stock waren. Das war nicht üblich, aber es ging sich mit den Zimmerplätzen nicht anders aus. Ich selbst war in einem Zimmer mit den Coolen der Klasse. Stani und die anderen in meinem Zimmer waren alle Snowboarder. Ich war Skifahrer, wollte aber mit Snowboard beginnen, also ging ich zu den Anfängern. Während die anderen den Berg hinunterfuhren und die Landschaft genießen konnten, war ich auf einem kleinen Hügel neben der Autobahn und versuchte, ohne mich andauernd auf den Arsch zu setzen, den Hügel hinunterzurutschen. Drei Tage machten wir das, bevor wir mit dem Lift auf den Berg fuhren. Von der Früh weg bis zum späten Nachmittag fuhren alle Ski bzw. Snowboard. Danach trafen sich alle wieder zum Essen. Und dann hatten wir Freizeit. Wir konnten machen, was wir wollten. Nur nicht trinken und rauchen. Das war nicht gestattet. Wegen des Rauchens machte ich mir keine Sorgen. Schließlich rauchte ich auf dem Ausflug nur Zigaretten und kein Gras. Zwei Jahre zuvor war ein Schüler mit einem Ofen in der Hand erwischt worden. Er wurde wirklich von dem Ausflug nach Hause geschickt. Ich selbst hatte nicht vor, Gras zu rauchen. Erstens, weil ich keines mithatte, und zweitens, weil es ziemlich stank. Man konnte nirgends gemütlich einen durchziehen, ohne befürchten zu müssen, erwischt zu werden. Zum Zigarettenrauchen ging ich immer runter und raus aus dem Haus. Ich rauchte vor der Tür. Erst als sich die Woche dem Ende zu neigte und wir beim Feiern auf unserem Zimmer alle so besoffen waren, dass uns alles egal war, rauchten wir auf den Zimmern bei offenem Fenster. Ich war nicht der Einzige und ich hatte angenommen, dass sie uns, selbst wenn sie uns erwischten, nicht alle nach Hause schicken würden. Der Alkohol war zwar auch nicht erwünscht, aber dadurch, dass die Lehrer selber kräftig ins Glas schauten, war uns klar, gegen ein bisschen Trinken würden sie nichts sagen. Stani, die anderen und ich gingen an dem ersten freien Nachmittag in das Dorfzentrum, um Alkohol zu kaufen. Wir kamen dirket von den Pisten und trafen uns alle vor einem Supermarkt. Wodka, Jägermeister, Schnaps, Bier und Mischgetränke wurden eingekauft. Wir hatten so viel eingekauft, dass wir es nicht den ganzen Weg tragen konnten, und so nutzten wir unsere Snowboards, um den Alkohol zu unserem Quartier zu bekommen.

Als wir ankamen, musste alles schnell gehen, die ganzen Getränke mussten in unser Zimmer gebracht werden. Wir schafften es, ohne dass uns andere Schüler oder Professoren sahen. Dann versteckten wir alles unter meiner Matratze.

Wir feierten bei uns im Zimmer. Es kamen alle. Und wenn ich sage, alle, dann mein ich alle. Ganz plötzlich war unser Fünfmann-Zimmer bummvoll. Es waren Leute anwesend, mit denen ich noch nie geredet hatte. Alle tranken und sangen zu den Liedern, die aus den mitgebrachten Musikboxen kamen.

Es war ein lustiger Abend und am nächsten Tag ging es am Abend genauso wieder los. Es waren so viele Leute in unserem Zimmer und am dritten Abend wurde es mir zu viel. Wir hatten die letzten Tage nur gesoffen und waren untertags immer auf der Piste gewesen. Ich wollte etwas Ruhe und ging raus aus unserem Quatier. Ich wanderte durch den Schnee in meinen Chucks. Dabei dachte ich an Luna und wie sehr sie mir fehlte. Ich holte mein Handy aus der Hosentasche und wählte ihre Nummer.

„Hallo, Luna, ich bin es. Ich wollte mich einmal melden und schauen, wie es dir geht. Also wie geht's so?"

Wir redeten über eine Stunde lang, während ich durch die Gegend ging. Es begann gerade zu schneien, als ich auflegte. Ich war viel zu weit weg von unserer Unterkunft und musste mich auf einen kalten Weg nach Hause gefasst machen. Ich hatte mir nichts dabei gedacht, einfach aus dem Quartier zu verschwinden, aber ich wurde vermisst. Zum Glück hatten die Idioten von Klassenkameraden nicht die Professoren verständigt. Als ich zurückkam, warteten schon Christine und Dieter auf mich.

„Wo warst du? Wir haben dich gesucht! Ist alles okay bei dir?"

„Ja, ich hab nur meine Freundin angerufen."

Ich ging zurück auf mein Zimmer oder zurück zu der Party, wie man es eben sehen will. Ich war noch immer etwas genervt davon, dass alle bei uns im Zimmer tranken. Schließlich hatten die auch Zimmer, in denen sie sich die Kante geben konnten. Also warum bei uns? Schon klar! Wir waren die Coolen und alle wollten bei und mit uns feiern. So lächerlich! Ich setzte mich auf mein Bett und somit auf den Alkoholvorrat. Ich spielte jetzt den Spielverderber und sagte allen, die unter meine Matratze greifen wollten, dass sie sich mal schön selber Alkohol besorgen konnten. Ich war ja nicht der Supermarkt für alle. Meine Zimmerkameraden waren nicht so drauf wie ich und wollten weiter unseren Alkohol verschenken. Ich war so genervt, dass ich die Mädels, die neben uns das Zimmer hatten, fragte: „Kann ich bei euch etwas abhängen?"

Sie sagten Ja, aber nur unter der Bedingung, dass sie mir die Haare waschen durften. Dazu muss ich sagen, dass ich zu diesem Zeitpunkt lange, schwarz gefärbte Haare hatte, die ich nie wusch.

„Mit gewaschenen Haaren schau ich aus wie eine Frau." Aber es half nichts, wenn ich Ruhe wollte, musste ich das mit mir machen lassen.

Es kam, wie es kommen musste. „Du schaust ja aus wie eine Frau", lachten sie, als sie mit meinen Haaren fertig waren. „Das hab ich euch versucht zu erklären!" Ich schmierte mir eine halbe Tube Haargel in die Haare und verbrachte dann den restlichen Abend bei den Mädels im Zimmer. Hin und wieder gingen sie aus dem Zimmer, um aus meinem Zimmer Alkohol zu holen. Aber die vier Mädels waren schon okay. Jede auf ihre Art sehr fickbar. Linda, das fünfte Mädel aus dem Zimmer, welches auch in unserer Klasse war, gehörte eher zu den Außenseitern. Die anderen Mädels hatten sie rausgeekelt und zwar nicht auf die nette Art. Wie ich hörte, hatte sie geweint und dann angefressen mit all ihren Sachen das Zimmer verlassen. Sie redete mit den Professoren und wurde einem anderen Zimmer zugeteilt. Was so schlimm an ihr sein sollte, wusste ich nicht. Vielleicht lag es daran, dass sie Mangas las, oder vielleicht daran, dass sie lesbisch war. Das mit dem Lesbisch-Sein war nur eine Vermutung, aber ich irre mich selten.

Am Morgen darauf war ich immer noch besoffen. Die Mädels wussten für ihr Alter schon ziemlich gut, wie man sauft.

Natürlich waren wir nur ein Jahr auseinander, aber das kann die Welt bedeuten. Ich redete mit meinem Snowboardlehrer und sagte ihm, dass ich heute nicht auf der Höhe sei und mich etwas ausruhen wollte. Er sagte Ja dazu und ich blieb im Quartier. Als ich mich gerade fragte, was ich machen sollte, bis die anderen wieder zurück wären, kamen Christine und Chiara in mein Zimmer. Sie hatten auch keine Lust auf Skifahren und setzten sich zu mir. Wir drehten die Musikboxen auf und machten jeder ein Bier auf. Wären wir noch länger alleine gewesen und hätten weiter getrunken, hätte ich sie beide gefickt. Viel zu viele „hätte". Aber was soll ich sagen, ich hatte sowieso eine Freundin und das war den anderen auch bekannt. Somit versuchten sie nichts. Ich hätte etwas versuchen sollen, aber zwei Mädels auf einmal in einem Zimmer, betrunken. Ich war froh, wenn ich eine Frau befriedigen konnte, besoffen. Ich versuchte, nicht die ganze Zeit an Sex zu denken, und trank mein Bier, dabei sang ich ein Lied mit geschlossenen Augen mit.

„Du hast aber eine gute Stimme. Du solltest in einer Band singen! Schon mal überlegt?", fragte mich Chiara. Sie hatte auch einen Freund und dazu noch riesige Titten. Warum sie mir so ein eindeutig gelogenes Kompliment machte, war mir dann nicht ganz klar. Titten geil, Freund fürn Oarsch. Auch Christine flirtete mit mir. Sie redete irgendwas von meinen Haaren und davon, dass ich Drogen dabeihatte. Zuerst wusste ich nicht, worauf sie hinauswollte. Wollte sie sich mit mir zudröhnen? Nein, das wollte sie nicht. Sie wollte mir nur sagen, dass Ohm aus meinem Zimmer gestern auf der Party in unserem Zimmer jedem gesagt hatte, dass er mit mir Kokain gezogen hatte. Dabei hatte ich kein Koks mit. Sondern Speed. Aber ich würde das nie mit einem von den Idioten teilen. Na ja, vielleicht mit Dieter, der war der einzig wirklich coole Typ hier in der Klasse. Natürlich außer mir und Brix, aber Brix war ja nicht dabei. Er war in Wien geblieben und musste, während wir hier mehr soffen als Ski fuhren, in der Schule sitzen und den Ersatzunterricht ertragen.

Die Woche neigte sich dem Ende zu und unser Zimmer war ins Auge der Hausbesitzer gefallen. Wir hatten ein Loch in die Tür gerissen, der Lattenrost der Betten war kaputt und wir hatten Schimmel in der Zimmerecke. Die wollten uns wirklich

alles anhängen, sogar den Schimmel. Ich mein, wie dumm
waren die denn? Als hätten wir in unserem Zimmer irgendwie
Schimmel kultiviert. Wir bekamen eine Standpauke und
mussten uns entschuldigen. Von dem Kurs konnten wir nicht
mehr ausgeschlossen werden, dafür war es schon zu spät. Am
nächsten Morgen würden wir wieder zurück nach Wien
fahren. Es blieb nur ein Problem. Wohin mit all den leeren
Flaschen und Dosen? Wir hatten sie unter unseren Betten
gesammelt. Am letzten Tag besorgten wir uns einen großen
Müllsack und schafften alles aus dem Zimmer. Diesemal leider
nicht unbemerkt. Die Mädels aus dem Nachbarzimmer halfen
uns beim Entsorgen und Einsammeln. Als wir gerade mit dem
Einsammeln fertig waren, kam unser Klassenvorstand herein.
Aber er war nicht wütend. Er lobte uns sogar.
„Dafür, dass ihr so viel Alkohol hier reingebracht habt, ist es
eigentlich ganz normal abgelaufen."
Wir schmissen alles weg und setzten uns dann in den
Reisebus, um wieder zurück nach Wien zu fahren.

12.

Der Skikurs war vorbei und somit auch so gut wie das
restliche Schuljahr. Wir machten nicht mehr im Unterricht.
Einige Schüler mussten sich Fünfer ausbessern. Ich selbst
hatte auch einen Fünfer im Zeugnis und zwar in Englisch.
Aber ich würde aufsteigen können. Denn die Schulregelung
war, mit einem Fünfer im Zeugnis kommt man weiter. Somit
musste ich im Sommer nicht lernen, auch wenn ich
anstandshalber zu der Nachprüfung ging. Doch der Sommer
war jetzt vor mir und ich wollte ihn genießen. Es gab viele
Partys, auf die ich gehen wollte, und so kam es, dass ich mich
auf einer Homeparty wiederfand, die von meinem guten
Freund Markus veranstaltet wurde. Ich hatte Luna dazu
eingeladen und diese nahm noch eine Freundin mit, die
ebenfalls Luna hieß. Meine Luna war schon geil, aber die
andere. Wow! Ich fragte mich, warum sie sie mitgenommen
hatte, aber spätestens während der Taxifahrt auf die Party
wurde mir bewusst, was Luna, meine Luna, vorhatte. Sie
wollte mit der anderen Luna schlafen. „Warum nicht?", dachte

ich mir. „Solange ich zuschauen kann, ist mir das recht." Die beiden machten auf der Taxifahrt hin zu der Party so viele Anspielungen auf einen Dreier, dass ich gar nicht weiß, wo ich anfangen soll.

Wir gelangten auf die Feier, ohne große Mengen Spucke ausgetauscht zu haben. Doch dabei sollte es nicht bleiben. Die beiden waren geil! Und zwar geil auf mich! Auf der Party ging dann alles seine Wege. Wir kamen, nahmen uns ein Bier und setzten uns zu den anderen. Es waren viele bekannte Gesichter anwesend. So gut wie alle waren aus unserer Schule. Manche älter, andere wieder jünger, aber alle wollten dasselbe und zwar feiern. Wir waren eine tolle Gruppe von Partyleuten.

Ich setzte mich zu Fabi und Markus und erzählte den beiden, was Luna vorhatte. Die beiden waren so überrascht wie ich.

„Die Alte ist echt 'ne Schlampe!"

„Ja, zum Glück!", sagte ich.

Ich hatte echt Glück. Meine Freundin war eine halbe Lesbe oder was auch immer. Auf jeden Fall küssten sich die beiden Lunas auf der Party. Das lag nicht nur an dem Alkohol. Die beiden waren davor schon geil aufeinander gewesen. Jetzt fehlte nur noch ich. Ich würde genau zwischen die beiden Lunas passen. Warum auch nicht? Ich hatte es mir verdient, etwas Spaß zu haben.

Zu Hause lief es nicht gut. Ich hatte so gut wie keinen Kontakt zu meinem Vater, und meine Mutter war immer nur mit meinem kleinen Bruder beschäftigt. Er musste so oft ins Krankenhaus, dass ich gar nicht mehr mit dem Zählen mitkam. Außerdem war er so schlecht in der Schule, dass er extra viel Hilfe brauchte. Es war zum Kotzen. Aber jetzt würde ich für einen kurzen Moment den Himmel sehen, und wenn es nur eine halbe Stunde dauerte. Ich war froh. Mehr als das, ich war geil darauf.

Die beiden Lunas küssten sich, und während die anderen Typen auf der Homeparty genussvoll zuschauten, wollte ich nur von hier verschwinden. Und zwar mit den beiden.

Luna, meine Luna, sagte dann: „Lass uns nach oben gehen." Wir waren bei Markus zu Hause und die Party fand unten im Haus statt. Markus´ Zimmer war oben im zweiten Stock. Sie nahm meine Hand und ich folgte ihr. Die andere Luna kam nach. Genauso, wie ich es erwartet hatte. Beide waren fürchterliche Schlampen, aber ich wollte dies persönlich beurteilen können.

Als wir dann im Zimmer waren, dauerte es nicht lang, bis sich die beiden Lunas aufs Bett legten und sich wie wild küssten. Sie begannen einander auszuzuziehen und ich saß auf einem Stuhl neben dem Bett und trank mein Bier. Irgendwann sagten beide: „Willst du nicht zu uns kommen?!" Ich zögerte nur für einen kurzen Moment, dachte mir dann aber, dass ich so eine Chance nie wieder haben würde. Also legte ich mich zu ihnen und zog mir dabei das Leiberl aus. Ich legte mich zu ihnen und begann sie zu küssen. Wir waren alle drei ziemlich besoffen und geil aufeinander. Es würde eine super Party werden, dessen war ich mir sicher.

Doch dann kam Markus' Freundin. Diese blöde Schlampe hatte ernsthaft was dagegen, dass wir zu dritt in dem Bett ihres Freundes lagen. Sie kam einfach ins Zimmer und scheuchte uns weg. Nicht, dass mich die blöde Schlampe aufgehalten hätte, und auch meiner Freundin war es egal. Wir machten einfach weiter. Doch die andere Luna wollte plötzlich nicht mehr.

Es war zum Verfluchen, die depperte Schlampe von Melanie, Markus´ Freundin, war mir echt dazwischengekommen. Nur weil ich mit zwei Mädels im Bett ihres Freundes lag. Was sollte das? Ich war so enttäuscht, dass ich meinen Ärger nur mit zwei Parkemed 500 und einem Bier besänftigen konnte. Danach ging ich schlafen.

Am nächsten Morgen wachte ich zwischen Bierflaschen und einem halbnackten Mädel auf. Luna, meine Freundin, hatte sich zu mir gelegt. Die andere Luna war früh am Morgen gefahren. Die Party war vorbei und es war nichts geblieben außer Kopfschmerzen. Gottverdammt, ich hätte beide ficken können! Wie geil! Was wollte ich mehr?!

Am Morgen darauf suchte ich nur noch ein geschlossenes Bier, welches auf der Party übriggeblieben war. Ich fand eines und trank das Bier. Früh am Morgen und ich war schon wieder am Trinken. Doch es waren Ferien, also warum nicht? Die Morgen nach solch einer Feier waren für mich immer gleich. Ich fragte mich, was ich am Abend davor getan hatte, aber bevor mich dieser Gedanke zerriss, trank ich schon wieder mein erstes Bier. Ich schnappte mir noch ein Bier und ging zu Luna, um sie aufzuwecken. Ich wollte verschwinden, bevor es hieß: „Wer hilft zusammenzuräumen?" Zu diesem Zeitpunkt wollte ich nicht mehr hier sein. Nachdem sich Luna angezogen hatte, verschwanden wir so leise wie möglich von der schlafenden Partymeute und dem Chaos, das wir hinterlassen hatten.

Das war nicht die einzige Party in dem Sommer. Es folgten viele betrunkene Partyabende. Ich erinnere mich an eine Party, die irgendwo im 22. Bezirk stattfand. Es waren Lunas Freunde. Natürlich war ich nicht erwünscht, aber ich kam mit. Schließlich war sie meine Freundin. Also war es für mich klar, dass ich sie begleitete, ich wollte nicht wie meine Exfreundin Sabrina werden. Nur weil die mich nicht mochten und ich sie nicht, hieß das für mich nicht, dass wir nicht ein Bier zusammen trinken konnten. Leider war die Feier die reinste Katastrophe. Der Abend neigte sich dem Ende zu und die meisten waren schon am Schlafen. Nur nicht Luna und Lenny. Natürlich war ich auch noch munter. Lenny war ihr Exfreund. Er war ein bis zwei Jahre älter als ich. Das hieß für mich aber nicht, dass ich ihm keine reinhauen würde, wenn ich die Sicherheit hätte, dass er sich an meine Freundin ranmachte. Doch ich hatte keinen Beweis. Meine Schlampe von Freundin schloss sich mit ihrem Exfreund in einem Zimmer ein, um zu reden. Natürlich, reden! Wer's glaubt. Die Schlampe ließ mich ernsthaft alleine auf der Party sitzen. Während ich mit ihren betrunkenen und bekifften Freunden reden musste, was ich eh nicht tat, war sie mit dem Typen im Zimmer. Irgendwann wurde es mir zu dumm. Ich ging ins Zimmer und sah … sah nichts. Die beiden lagen zwar auf dem Bett, aber angezogen und sie hatten den Laptop dabei, um irgendwas zu schauen. Ich sagte: „Schatz, ich werd mich hinlegen. Kommst du mit?" Was sie sagte, überraschte mich nicht, sie sagte, sie würde noch etwas munter bleiben und ich solle einstweilen ohne sie schlafen gehen. Als könnte ich schlafen, wenn meine Freundin mit ihrem Exfreund alleine in einem Zimmer war, und das alles auch noch unter Alkohol- und Graseinfluss. Ich versuchte zwar für 10 Minuten die Augen zuzumachen, aber ich war so auf hundertachzig, ich konnte nicht. Ich ging zurück in das Zimmer, machte die Tür auf und sagte dann: „Ich werd jetzt gehen."

Luna war entsetzt: „Hast du schon mal auf die Uhr geschaut? Du willst jetzt gehen?"

„Ich werd schon nach Hause finden. Und außerdem hast du ja hier genug Spaß ohne mich." Ich knallte die Tür zu und ging aus der Wohnung. Es dauerte nicht lange und Luna folgte mir.

„Was ist nur mit dir los?"

„Wenn du nicht weißt, warum ich mich aufrege, ist alles verloren."

„Sag, was ist los?!"

„Lass mich in Ruhe. Ich gehe." Und das tat ich dann auch.

Wir versöhnten uns wieder. Aber mein komisches Gefühl, das an diesem Abend angefangen hatte, verging nie. Zwischen Luna und mir wurde es schwieriger. Das Vertrauen war einfach weg nach diesem Abend. Sie hätte sich einfach zu mir legen sollen, als ich sagte, ich leg mich hin. Aber das tat sie nicht.

Die nächste Party ließ nicht lange auf sich warten, und Luna und ich waren wieder dabei. Diesmal war es eine Home-Party bei meinem guten Klassenkameraden Brix zu Hause. Es waren alle dort. Wir waren 30 Leute, wenn nicht sogar mehr. Er hatte ein Haus oder seine Mutter, auch er war ein Scheidungskind, also wie man es sehen will. Es gab einen riesigen Garten, in dem wir bis spät in die Nacht hinein grillten. Und je später es wurde, umso verrückter wurden die Leute. Brix hatte eine große Auswahl an Skinhead-Freunden. Ich fühlte mich nicht wirklich wohl unter all diesen Neonazis. Aber ich versuchte Gemeinsamkeiten zu finden. Bier und noch mehr Bier. Das verband uns alle. Irgendwann spät am Abend wurde dann die Bong runter in den Garten geholt. Davor waren alle in Brix' Kinderzimmer kiffen gegangen. Es war seine Geburtstagsparty und auf einer guten Geburtstagsparty darf natürlich Kokain nicht fehlen. Ich weiß nicht mehr, wer es mitgebracht hatte, aber auf einmal waren die Hälfte der Leute in Brix' Zimmer und koksten.

Ich ließ mir das nicht entgehen und setzte mich zu den anderen. Als ich dann endlich an der Reihe war, war ich unter Beobachtung. Staci, das Mädel aus meiner Klasse, war auch von Brix eingeladen worden, sie schaute genau, was ich tat.

„Das willst du nicht wirklich machen? Oder?!", sagte sie zu
mir, als sie ins Zimmer kam und mich mit der weißen Line auf
dem Tisch sah.
„Warum nicht? Dafür ist es doch da."
„Nein, das ist jetzt nicht dein Ernst!?"
„Wenn du es nicht sehen willst, verschwinde!"
Das tat sie auch und ich zog mein gratis Kokain. Der restliche
Abend verlief recht normal. Mehreren Leuten wurde von den
Skinheads der Kopf rasiert. Ich konnte mich gerade so
irgendwie herausreden. Leute kotzten und andere fanden mit
ihren Zungen zueinander. Eins hatte Brix bei 30 Leuten nicht
beachtet. Es gab nur ein Klo, dafür aber einen riesigen Garten.
Es dauerte nicht lange und der Garten wurde zum Klo
umgewandelt. Brix regte sich so süß auf, aber er konnte
nichts dagegen machen. Die Leute waren schon zu besoffen,
als dass sie auf ihn gehört hätten. Luna legte sich in ein
Zimmer und ging schlafen. Sie fragte mich, ob ich mich zu ihr
lege, aber ich wollte nicht. Ja, ich wollte nicht. Genauso, wie
sie vor ein paar Wochen keine Lust gehabt hatte. Nur dass ich
nicht alleine mit meiner Exfreundin in einem Zimmer lag. Ich
war auf Koks und somit noch etwas munter dafür, dass die
Uhr 6 Uhr in der Früh zeigte. Es waren nicht mehr viele Leute
munter, aber es fand sich dann doch jemand zum Reden.
Keine Ahnung mehr, was ich redete oder mit wem, aber die
Zeit verging. Es muss 10 Uhr in der Früh gewesen sein, als ich
mich dann doch noch zu meiner Freundin Luna legte. Ich war
noch immer nicht müde, aber ziemlich k. o. von der Sauferei
und Raucherei. Dazu kam, dass ich sie vermisste. Ja, ich
vermisste sie sehr. Ich wollte ihren warmen Körper spüren.
Mich einfach nur zu ihr legen und neben ihr zur Ruhe
kommen. Die meiste Zeit war ich in meinem Leben auf
hundertachtzig, aber nicht auf eine aggressive Art und Weise.
Ich war einfach ziemlich nervös in meinem ganzen Leben.
Egal, was ich machte, ich musste mich zusammenreißen,
damit ich nicht wegrannte und mich versteckte. Es äußerte
sich immer mit nasskaltem Schweiß auf meiner ganzen Hand.
Ich konnte nicht einmal den Leuten die Hand reichen. Dafür
war sie viel zu schwitzig. Mir war einfach alles in meinem
Leben unangenehm. Erst als ich Bier entdeckte, wurde es
besser. Oh ja, der Alkohol half mir in jeder Situation. Leider

war ich nicht immer betrunken. Ich wollte es auch gar nicht
wirklich. Ich wollte mit meiner Nervosität umgehen lernen.
Natürlich trank ich trotzdem hin und wieder. Denn es half. Es
war ein schnelles Pflaster.
Erst als ich Luna kennen lernte, musste ich nicht mehr
trinken, um alles etwas lockerer zu sehen. Sie half mir und ich
wusste nicht, warum. Aber ich sagte mir: „Vielleicht ist das
Liebe. Vielleicht ist die Liebe so mächtig, um alles zu ändern."
Leider hatte ich mir bis zu dem Zeitpunkt, als ich Luna
kennen lernte, schon eine gewisse Routine angewöhnt, was
das Trinken anging. Ich trank nicht mehr, weil ich nervös war,
sondern weil es mir schmeckte. Da kann es schon mal
passieren, dass man drei, vier Bier am Tag trinkt. Ich mein,
sonst trinkt ein Mensch halt auch 2 Liter Wasser. Ich machte
das aber auch mit Bier. Drauf geschissen, dachte ich mir. Ich
war glücklich. Ich hatte Luna und mein Bier. Und genau in
dieser Reihenfolge. Bis zu dieser Party. Es war der Tag, an
dem ich mich zu ihr legte, als sie schlief. Die Party war vorbei,
aber ich konnte nicht schlafen. Und ich dachte nach. Großer
Fehler. Das wusste ich schon zu diesem Zeitpunkt. Ich dachte
über Luna und mich nach. Ich wusste, dass ich sie liebe.
Wirklich liebe. Ich wusste, ich konnte diese Frau jeden Tag für
mein restliches Leben lieben. Ja, so sehr liebte ich sie. Aber
ein Gedanke ließ mir keine Ruhe. Ich vertraute ihr nicht.
Natürlich war das mein Problem und hatte eigentlich auch gar
nichts mit ihr zu tun. Nur leider muss ich sagen, dass sie mir
oft genug Gründe gab, um ihr das unterstellen zu können. Es
ließ mir keine Ruhe und das um 11 Uhr in der Früh auf einer
Party, auf der nur Vollidioten waren. Jetzt war ich auch einer
von ihnen. Denn es hatte sich ein Gedanke verfestigt. Ich
würde diese Beziehung beenden.

13.

Ich weiß nicht mehr, wie es dazu kam, aber den restlichen
Sommer verbrachte ich vor dem Computer. Ich war jede Nacht
online, um im Internet irgendwelche Texte zu lesen. Ich las
über die Wirtschaft, über Quantentheorien, über Politik und

Philosophie. Ich trieb mich in mehreren Foren herum. Trieb Gespräche an und beleidigte Leute. Aber nicht so mit „Du Arsch", sondern eher mit „Du kleiner dummer Mensch, wie wäre es einmal, wenn du ein Buch in die Hand nimmst, oder kannst du das ABC nicht?" Dann kam es dazu, dass ich Staci viel schrieb. Keine Ahnung, warum. Nein, das war gelogen. Aber am Anfang dachte ich wirklich noch, ich hätte keine Hintergedanken.

Wir schrieben in diesem Sommer viele Nächte durch. Wir unterhielten uns über Gott und die Welt, wie man so schön sagt. Natürlich spielte Gott keine Rolle. Gott spielt sowieso nie eine Rolle. Er ist im besten Fall so etwas wie ein Voyeur. Aber eines überraschte mich, wir waren wirklich auf einer Wellenlänge. Dabei war sie mir in der Schule und auf den Partys immer so infantil vorgekommen. Anscheinend war ich es auch oder sie war es nicht.

Luna und ich hatten kaum noch Kontakt. Ich meldete mich nur noch, wenn ich Bock auf Sex hatte. Es funktionierte für den Moment. Doch irgendwann, und ich weiß nicht genau, wie es dazu kam, trafen wir uns gar nicht mehr. Wir waren kein Paar mehr. Nicht, dass es mich besonders störte, schließlich hatte ich schon mein nächstes Ziel vor Augen. Staci.

Wir schrieben immer noch viel, obwohl die Schule schon wieder begonnen hatte. Natürlich sahen wir uns in der Schule. Aber in der Schule waren wir wohl beide etwas anders. Doch jeden Abend nach der Schule setzte ich mich vor den PC und haute meine Gedanken in die Tasten. Staci schien mich zu verstehen. Außerdem war sie wohl die Geilste in der Klasse. Volltreffer, würde ich sagen. Es kam, wie es kommen musste, und wir trafen uns außerhalb der Schule immer öfter. Nicht nur sporadisch auf ein, zwei Partys im Jahr, sondern jedes Wochenende.

Wir hatten einen Neuen in der Klasse. Carl. Er war ein dünner Sportturner mit einem Piercing an der Augenbraue. Dazu kam, dass ich neben ihm in der Klasse saß. Er war lustig. Und konnte richtig dafür sorgen, dass die Party voranging. Carl und ich wurden schnell Freunde. Wir gingen jedes Wochenende zu viert in die Stadt saufen. Christine, Staci, Carl und ich. Wir waren zusammen in einer Klasse und verstanden uns super. Staci und ich verstanden uns halt ein bisschen besser miteinander als mit den anderen.

Es kam dazu, dass ich irgendwann zu ihr aufs Land rausfuhr, um mich mit ihr außerhalb der Schule und der Sauftouren durch die Stadt zu treffen. Wer den ersten Schritt machte, weiß ich nicht mehr und das, obwohl ich in letzter Zeit nicht viel getrunken hatte. Aber es kam dazu, dass wir uns küssend auf ihrem Bett wieder vorfanden.

Sie begann mich auszuziehen, aber ich wollte das ganz und gar nicht, denn dadurch, dass wir einander in den letzten Wochen so viel geschrieben hatten, hatte ich erfahren, dass sie noch Jungfrau war, und ich mein nicht ihr Sternzeichen. Ich wollte niemanden entjungfern. Ich wusste, das ist nichts für mich. Was sollte ich mit einer anfangen, die im Bett nichts kann. Außerdem wollte ich nicht für immer im Gedächnis einer Frau weiterleben. Ich wollte wie ein Schatten sein.

Zu Staci sagte ich, dass ich sie nicht ficken wollte. Was war nur mit mir los, dachte ich mir, als ich es aussprach. War nicht eigentlich das der Grund, warum ich ihr überhaupt geschrieben hatte? Nein, war es nicht. Ich mochte sie. Wirklich, ich mochte sie.

Wir trafen uns noch mehrere Male bei ihr zu Hause und irgendwann konnte ich einfach nicht mehr anders. Sie hatte mich einfach geil gemacht. Ich vergaß meine Bedenken und fickte sie. Es war nicht gut, aber ich kam. Also was soll ich sagen? Ich war zufrieden, zumindest für den Moment. Am nächsten Morgen, als ich neben ihr aufwachte, war mir klar, wir waren ein Paar.

Gottverdammt, wäre ich nicht ihr Erster gewesen, hätte das sogar funktionieren können. Wir hielten unsere Beziehung die ersten zwei Wochen vor den anderen geheim. Irgendwann sagten wir es Carl und Christine, denn wir waren es leid, so zu tun, als ob da nichts wäre.

Für mich stellte sich immer noch die Frage, was da war. Liebe war es nicht. Aber ich mochte sie echt gern. Doch wie lange sollte ich das so weiterlaufen lassen? Verdammt, ich mein, sie wollte einen Freund. Einen fixen Freund. Ich wollte nur ein Mädel, mit dem man gut reden kann und das ich nicht ficken müsste, als wäre sie aus Porzellan. Christine und Carl waren nicht begeistert von unserer Beziehung und eigentlich auch alle aus unserer Klasse. Aber was interessierte mich der Rest der Klasse. Nur von Christine fand ich es nicht okay, dass sie gegen uns war. Carl war mir egal. Aber Christine. Na ja, sie sollte recht behalten. Denn es funktionierte nicht für mich. Eines war mir klar, ich mochte Staci zu sehr, um ihr weiter einen Freund vorzuspielen, der ich eigentlich gar nicht sein wollte. Wieder einmal musste ich eine Beziehung beenden. Leider war ich ein Vollidiot, obwohl es sich die Leute bei mir denken konnten. Ich machte per SMS Schluss. Nicht dass ich es aus Bequemlichkeit machte. Ich dachte mir schon etwas dabei. Ich wusste, ich war ihr erster Freund. Und ich hatte sie entjungfert. Sie würde fürchterlich weinen. Ich wollte nur, dass sie ihr Gesicht bewahrt. Denn schöne Mädchen weinen nicht.

Natürlich wollte ich mir dieses Wasserspieltheater auch nicht anschauen. Aber ich hatte ihr angeboten, ihr meine Begründungen und Gedanken dazu am nächsten Tag ruhig bei einer Tasse Kaffee zu erklären. Nur für den Moment wollte ich sie nicht sehen und dachte, so wäre es für uns beide besser.

Ach, wie ich mich getäuscht hatte. Die Frau rastete total aus. Die machte einen Aufstand. Am nächsten Tag wusste es die ganze Schule. Dabei wusste ich nicht einmal, dass sich so viele Leute dafür interessierten, wen ich gerade fickte. Die folgenden zwei Tage ging ich nicht in die Schule. Ich wollte mir diesen Scheiß einfach nicht antun. Zu der Tasse Kaffee kam es nie. Sie wollte nicht mit mir reden. Dafür musste ich von Klassenkameraden und am meisten natürlich von Christine und Carl Nachrichten entgegennehmen. Manchmal waren es Fragen, aber meistens waren es Beleidigungen, die als Fragen getarnt waren. Für die nächste Zeit waren meine Sauftouren mit Christine, Carl und Staci gestorben. Ich musste anderweitig schauen, was ich unternehmen konnte. Da gab es noch Markus und Fabi. Auch mit den beiden konnte man gut einen trinken gehen.

Fabis Eltern hatten sich vor kurzem scheiden lassen. Dadurch kam es, dass er und sein Vater, bei dem er in Zukunft leben würde, in meine Gegend gezogen waren. Nun war er nur noch einen Katzensprung von mir entfernt. Also warum alleine trinken, wenn es auch zusammen geht, dachte ich mir.

Außerdem war Fabi, so wenig ich ihn auch am Anfang leiden konnte, zu einem leinwanden Menschen geworden. Er hatte aufgehört auf weißen Rapper zu tun und begann sich mehr für die Skinheadszene zu interessieren. Auch wenn er nie den Mut für eine Glatze hatte, aber das brauchte er meiner Meinung nach auch nicht. Man muss ja nicht jedem seine dumme Einstellung zum Thema Ausland auf die Nase binden. Trotz alledem kam es dazu, dass wir hin und wieder von Skinheads und anderen rechten Idioten angesprochen wurden, als wir in der Stadt unterwegs waren. Beim ersten Mal dachte ich mir noch, jetzt gibt's was auf die Fresse. Zu diesem Zeitpunkt pflegte ich einen eher obdachlosen Eindruck zu machen. Man hätte das leicht mit irgendwelchen Punks auf der Hilfa verwechseln können. Fünf solche Glatzen kamen auf uns zu. Ich hatte gerade eine Bierflasche in der Hand und hatte auch vor, von ihr Gebrauch zu machen, wenn diese Idioten jetzt auf mich losgehen würden. Schlussendlich gebrauchte ich die Flasche nur, um aus ihr zu trinken, denn die fünf Riesen-Idioten begrüßten Fabi. Keine Ahnung, worüber die redeten, ich hatte Abstand gehalten. So ging es viele Wochen. Fabi und ich trafen uns meistens bei ihm, um zu trinken. Hin und wieder ab in die Stadt und weitersaufen.

Wir hatten die Angewohnheit, bei Fabi zu Hause auf dem Balkon auf ein Geländer des daneben stehenden Gebäudes zu klettern. Dort setzten wir uns hin, tranken Weißwein und rauchten eine nach der anderen.

Ungefähr zu dieser Zeit begann mein kleiner Bruder endlich, sich für eigene Sachen zu interessieren. Er ging skateboarden. Davor hatte sein ganzer Lebenssinn nur darin bestanden, mich zu kopieren. Es ist so nervig, wenn man nach Hause kommt und da immer so ein Minime steht. Noch dazu ein dummer und gar nicht süßer. Ich war stolz auf ihn. Er hatte etwas gefunden, was ganz allein ihm gehörte. Ich hatte mit Skateboardfahren nichts am Hut. Ich war sogar ein klein wenig neidisch, dass er das konnte. Es schien eine lässige Sache zu sein. Leider war das auch seine größte Schwachstelle. Es kam, wie es kommen musste. Er ging mir wegen einer Kleinigkeit auf die Nerven und ich nahm sein Skateboard, ging runter auf die Straße, zog mir davor noch meine Stahlkappenstiefel an und zerbrach an der

Bordsteinkante mit meinem Fuß das Skateboard in zwei Hälften.

Fünf Minuten danach tat es mir auch schon wieder leid, was ich getan hatte. Schließlich hatte er nie etwas von mir zerstört, was mir die Welt bedeutete. Wie hätte er auch. Das Bier, das ich trank, kam meistens aus Weißblechdosen und die sind sehr stabil. Es tat mir wirklich so leid, dass ich ihm bei der nächsten Gelegenheit, ich weiß nicht, ob es Weihnachten war oder sein Geburtstag, ein neues Skateboard kaufte. Natürlich hatte er sich in der Zwischenzeit schon ein neues gekauft, aber ich sah es doch irgendwie auch als Zeichen des guten Willens, diese Fehde endlich zu beenden. Leider hatte er noch immer nicht den Unterschied zwischen „deinem" und „meinem" verstanden. Wir stritten noch Dutzende Male, aber seine Skateboardsachen habe ich nie wieder angefasst.

14.

Mit Sabrina hatte es nicht funktioniert, mit Luna nicht und mit Staci auch nicht. Ich war sowieso übersättigt von den Frauen. Ich wollte mich um meine Freunde kümmern. Seit Martin und Jotta hatte ich nicht mehr so etwas wie beste Freunde gehabt. Ich wollte mir wieder ein paar zulegen. Schon einer hätte gereicht. Da gab es Markus und Fabi, die beiden waren beste Freunde und vielleicht konnten sie noch einen gebrauchen, dachte ich mir. Dann gab es da Carl, mit dem ich in einer Klasse saß, leider war er mit den Mädels Christine und Staci auch befreundet. Und dann gab es da Andre, den ich noch aus meiner ersten Klasse kannte. Er war zwar vier Jahre älter als ich, aber ich dachte mir, wir sind beide in einem Alter, wo die Unterschiede nicht mehr so groß sind. Also traf ich mich mit jedem von ihnen, nur mit Fabi und Markus musste ich mich immer gemeinsam treffen. Markus und ich wurden irgendwie nicht ganz warm miteinander. Er schien mich für einen kleinen dummen saufenden Punker zu halten. Zumindest dachte ich mir das immer, wenn er mich begrüßte.

Ich erinnere mich an einen Abend in der Stadt, als Carl und ich uns mal wieder zum Weggehen trafen. Wir verabredeten uns am Schwedenplatz und gingen in unser Stammlokal. Es war Samstag, aber dafür echt nicht viel los. Wir tranken unser Bier und redeten.

„Was hast du dir eigentlich dabei gedacht, die Staci zu ficken?", fragte er mich ohne großes Drumherumgerede. Ich nahm einen Schluck von meinem Bier, rauchte mir eine Zigarette an und sagte:

„Sie ist doch geil?"

Er nickte.

„Na siehst du."

„Aber Mann, du warst ihr Erster!"

„Na und! Wenn nicht ich, dann irgendein anderer Idiot."

„Da hast du recht", erwiderte er mir.

Wir tranken beide aus unserem Bier und ich wechselte das Thema. Es hatte niemanden zu interessieren, was zwischen mir und Staci gewesen war, und ich war es leid, darüber zu reden. Wenn ich mit irgendjemandem darüber geredet hätte, dann mit Staci höchstpersönlich. Aber die wollte bis zu diesem Zeitpunkt noch immer nichts mit mir zu tun haben.

Es wurde später und das Lokal, welches vorher schon schlecht besucht gewesen war, leerte sich. Es kam dazu, dass nur noch Carl und ich, die Bardame und der Türsteher anwesend waren. Carl hatte eine typische Aufreißerart drauf. Er sprach einfach irgendwann alles und jeden an. Hatte bei ihm aber nichts mit dem Alkoholspiegel zu tun. Es kam dazu, dass wir mit der Bardame ins Gespräch kamen. Sie war eine Studentin und hatte so etwas von „Ich brauch es, bitte!" im Gesicht. Carl hatte das gleich durchschaut. Er versuchte sein Glück bei ihr. Wir setzten uns an die Bar und redeten, obwohl meistens nur Carl redete. Wir anderen zwei, die Bardame und ich, kamen gar nicht viel dazu. Er war wie ein Maschinengewehr. Ohne Ladehemmungen. Ich weiß nicht genau, was zwischen den beiden lief, denn ich klinkte mich irgendwann aus. Aber es kam dazu, dass wir uns mit ihr für den nächsten Tag verabredeten. Sie müsste wieder arbeiten, sagte sie, aber wenn wir kommen würden, würde sie dafür sorgen, dass wir gratis trinken. Hörte sich für mich vernünftig an. Es war vier Uhr in der Früh, das Lokal sperrte zu, wir verabschiedeten uns und gingen.

Wie ausgemacht, trafen am Sonntag Carl und ich uns noch einmal am Schwedenplatz. Wir gingen in dasselbe Lokal mit derselben Bardame. Wir setzten uns an die Bar und sie kam mit zwei kalten Bier vorbei, stellte sie vor uns hin und sagte: „Hallo, Jungs, geht aufs Haus."

Es waren wieder nicht besonders viele Leute in dem Lokal. An den Abenden, an denen ich mit den Mädels Christine und Staci und mit Carl hier gewesen war, waren alle Tische besetzt gewesen und man hatte sich zum Klo durchkämpfen müssen, als wäre man im Dschungel von Lianen und anderem Gewächs umgeben. Wir tranken unser Bier aus, und als wir es absetzten, kam sie, ich weiß ihren Namen nicht mehr, und brachte uns noch einmal zwei eiskalte Bier. Dann sagte sie: „Ich bin gleich bei euch."

Es war recht früh, als wieder nur noch wir zwei, die nette Bardame mit dem gratis Bier und der Türsteher da waren. Ich hatte den ganzen Abend getrunken. Schließlich war es gratis. Ich wollte nichts verschwenden, sonst könnte noch ein Drink von den anderen Idioten getrunken werden, die dieses Lokal besuchten. Wie gesagt, ich wollte nichts verschwenden. Ich trank und trank.

Irgendwann waren wir bei meiner und Carls Schule angelangt. Bevor ich mich noch fragen konnte, wo die nette Bardame hin ist, wurde mir klar, dass es halb sieben in der Früh war und dass heute Montag und somit Schultag war. Carl und ich hatten irgendwann am Abend entschieden, in die Schule zu gehen, egal wie nervig es sein würde. Wir wollten einmal das Richtige tun, sagten wir beide. Leider waren wir beide stockbesoffen.

Keine Ahnung, wie wir es überhaupt geschafft hatten, auch nur in die Nähe der Schule zu kommen, aber Besoffene haben oft Glück. Wir standen direkt vor der Schule mit je einem Bier in der Hand. In eineinhalb Stunden würde die Schule aufmachen. Wir hatten beide Biochemie-Labor. Das heißt, den ganzen Tag mit Sachen arbeiten, die wie Kotze ausschauten. Pilzkulturen. Bakterielle Abstriche. Und Agar-Agar. Es sollte lustig werden. Was ich aber gar nicht lustig fand, war, wie dieser Schultag begonnen hatte.

Ich wachte auf. Vor unserer Schule waren zwei Parkbänke. Auf dem einen hatte ich vor kurzem noch geschlafen. Ich wachte auf, nicht mit einem Kater, sondern immer noch besoffen. Ich hatte den Schlafplatz gewechselt, vor einer halben Stunde war ich noch genau vor dem Eingang gelegen. Irgendjemand hatte das wohl lustig gefunden, genau vor dem Eingang einzuschlafen. Warscheinlich war ich es.

Als ich mich auf der Parkbank aufrichtete, drehte sich alles. Carl hatte einen Schnappschuss davon gemacht, wie ich genüsslich vor dem Schultor lag mit meiner Lederjacke als Decke. Ich schaute irgendwie glücklich aus. Wie ein schlafendes Baby. Ja, so angenehm war mein Rausch. Ich glaube zwar nicht, dass man das wirklich Schlaf nennt, aber egal. Schlaf wird überbewertet, war mein Motto. Und dafür lebte ich auch. Wenn ich mir etwas vorgenommen hatte, machte ich das auch. Ich zog es (sie) durch. Egal wie hässlich die Alte war. In diesem Fall hieß sie Labor. Und manifestierte sich in der Gestalt einer im mittleren Alter steckenden dicken Frau. Ich hatte keine Chance, so zu tun, als wäre ich nüchtern. Gegen den Gestank von Bier, Whisky und Rauch tat ich zwar etwas, indem ich viel Parfum auftrug, Kaugummi kaute und schaute, dass ich den Leuten nicht zu nahe kam; leider half es nichts bei der Laborantin. Ich glaub, es war Carl, den sie zuerst darauf ansprach, aber mir konnte man es auch ansehen, ich war jede Sekunde dabei, mein Kotzen zu unterdrücken. Erst als die erste Pause kam, konnte ich durchatmen.

Ich ging in den Raucherhof. So wie fast jede Pause. Im Raucherhof traf man sich einfach. Die Raucher der Schule mussten oft ihren Platz wechseln. Die Politik sah es einfach nicht mehr gerne, wenn man rauchte. Aber uns war das egal. Wir genossen unsere Zigaretten.

Im Raucherhof traf man allerhand Leute. Zum Beispiel Andre. Er war ein lustiger Kerl. Ein Drogenkind. Eines von wenigen an dieser Schule. Aber ich mochte ihn. Er hatte mich nie wie einen kleinen dummen Punker behandelt. Eher wie einen dummen Menschen. Es war angenehm.

Andres bester Freund war Reed, und Reed war ein kleiner Hip-Hop-Kiffer, der zufälligerweise der beste Freund meiner Luna war.

Luna rauchte nicht und wahrscheinlich hatte sie auch nie etwas dafür übrig, aber ihr bester Freund Reed war halt nun mal ein Raucher und so kam es, dass sie auch in ihrer Pause in den Raucherhof ging.

Und ja, ich sah sie an diesem Tag. Noch total besoffen von der Party mit Carl, war ich im Raucherhof und sah sie. Ja, sie. Sie war bezaubernd. Sie schaute so wie immer aus. Wie ein leckerer Keksteig, der sagt: „Bitte leck mich!" So schaute sie aus.

Ich weiß nicht mehr, wie es dazu kam. Vielleicht war es auch gar nicht dieser Tag, aber wir kamen irgendwie wieder zusammen. Luna und ich waren wieder ein Paar, und es schien so, als würde die ganze Schule über nichts anderes reden. Ich wusste nicht, dass ich so beliebt bin. Einfach nervig.

Egal. Die Schule ging weiter und ich wurde immer schlechter im Unterricht. Je schlechter ich wurde, umso mehr trank ich. Vielleicht wurde ich auch schlechter, weil ich trank. Wer kann das schon sagen?

15.

Luna war ein besonderer Mensch in meinem Leben. Wenige Menschen, die ich getroffen habe, haben solche Fußabdrücke in mir hinterlassen. Wir waren wieder ein Paar und es ging weiter, als wäre nichts gewesen. Wir fickten. Wir fickten in der Schule. In den Labors, am Klo und in der Sporthalle. Eigentlich war es so, dass wir uns auszogen, sobald keiner da war außer uns beiden. Selten habe ich so eine sexuelle Anziehung zu einem anderen Menschen gespürt. Sie war einfach zu geil. Jeder, der sie kennt, wusste, was ich meinte, und so waren meine Freunde nicht sehr überrascht.

In letzter Zeit hatte ich mich oft mit Fabi und Markus getroffen. Sie äußerten sich nicht zu meiner Beziehung und auch sonst nicht zu vielem, was ich tat.

Ich war verliebt und glücklich. Ich sah Lunas Eltern wieder. Beim gemeinsamen Frühstück am Sonntag sah ich sie und versuchte das Beste draus zu machen. Die beiden waren nett. Luna war wie ich ein Scheidungskind. Ihre Eltern hatten sich früh scheiden lassen. Doch der neue Mann von Lunas Mutter war ein echt netter Kerl. Eigentlich waren beide sehr nett. Ich

weiß zwar nicht, was sie von mir hielten, aber ich fand sie
nett. Netter als meine eigenen Eltern.
Ich verbrachte viele Nachmittage bei ihr zu Hause. Sie hatte
nur ein kleines Zimmer. Wirklich klein. Gerade einmal groß
genug, dass drei Leute reinpassten. Aber uns war das egal.
Wir waren verliebt. Ich wollte jede Nacht bei ihr schlafen, doch
ihre Eltern waren dagegen. Es dauerte eine Zeit, bis die beiden
nichts mehr dagegen hatten, wenn ich unter der Woche bei
ihnen schlief. Ich wusste zwar generell nicht, wo das Problem
war, aber andere Eltern, andere Regeln.
Die Drogenkinder der Schule waren eine eingeschworene
Truppe. Jeder kannte jeden und somit war es auch nicht
schwierig, Gras zu organisieren. Luna und ich waren Teil
dieser Gruppe. Luna hatte zwar meiner Meinung nach nie
wirklich ein Problem, das sie mit Drogen lösen wollte. Sie war
eher eine von denen, die alles einmal ausprobieren wollten. Zu
diesen Leuten hatte ich mich auch einmal gezählt. Doch dann
kam ich drauf, dass ich verdrängte. Vielleicht verdrängte auch
Luna einiges mit ihren Drogen- Experimenten, aber erzählt
hatte sie nie davon.
Außer einmal, da erzählte sie mir etwas. Etwas, das ihre
Experimentierfreudigkeit erklären würde. Etwas, das erklären
würde, warum sie Drogen nahm. Aber ich möchte nicht weiter
davon reden. Sie hat es mir im Vertrauen erzählt, und ich
weiß nicht, ob es irgendjemand anders weiß. Es ist auch nicht
wichtig. Schließlich habe ich sie geliebt. Es war mir egal, was
sie erlebt hatte. Ich wollte sie im Hier und Jetzt haben.
Es kam dazu, dass ich mit einigen aus meiner Schule auf ein
Festival fuhr. Markus und Staci waren dabei. Dann waren
noch Christine und eine Freundin von ihr dabei. Carl war mit
und ich fragte Luna. Sie kam mit.
Wir waren in Niederösterreich auf einem der größen Festivals
des Landes. Verdammt, war das eine lustige Aktion. Wir waren
alle noch nicht lange eine Gruppe. Wir hatten schon ein paar
Mal miteinander getrunken und waren am Abend
weggegangen, aber wir wurden erst zur Gruppe, als wir dort
waren.
Von früh morgens bis spät abends haben wir zusammen
gefeiert und getrunken. Wir gingen auf Konzerte unserer
Lieblingsbands und tranken am Zeltplatz weiter.

Für Luna war das überhaupt nichts. Sie war total fehl am Platz. Sie gehörte einfach nicht dazu. Sie ging lieber auf Raves und hörte auch in ihrer Freizeit eher Techno als Rock. Ich versuchte ihr den Rock und besonders den Punk näherzubringen. Es funktionierte. Nur leider erst nach dem Festival. Doch das Festival war ein voller Erfolg. Wir tranken und feierten richtig ab bei den Bands, die spielten. Verdammt, ich war so hacke. Ich kann gar nicht sagen, welche Bands ich gesehen hatte, und das, obwohl ich eine Liste mit Bands führe, die ich gesehen habe.

Luna und ich hatten großartige Erlebnisse. Verdammt, ich habe diese Frau wirklich geliebt. Aber ich wusste es schon, es funktionierte nicht. Wie sollte es auch? Ich war verliebt, aber mehr in Drogen und einen Rausch als in sie. Wahrscheinlich war es das. Ich liebte sie zu wenig. Ob sie mich wirklich geliebt hat, weiß ich nicht, ich wünsch es mir, aber wissen tu ich es nicht. Vielleicht war ich nur einer von vielen für sie. Ist es nicht seltsam, dass sie mir so viel bedeutet hat und ich nicht weiß, ob ich ihr auch nur irgendwas bedeutet habe? Na ja, so war das mit mir und ihr. Es ging noch eine Weile gut. Wahrscheinlich viel zu lange sogar. Aber ich glaubte halt sehr lange, dass ich sie liebte. Nur damit ihr es wisst, wir waren bis zum Ende der HTL ein Paar. Eines von wenigen, die so lange zusammenblieben.

Ja, man kannte uns an der Schule. Nicht nur die Schüler redeten über uns. Manche Professoren machten sich echt die Mühe und mischten sich in unsere Beziehung ein. Luna musste sich Sachen anhören wie: „Der Typ ist nicht gut für dich. Der macht doch nur Ärger."

Und so etwas musste sie sich von einem meiner Lieblingsprofessoren anhören. Danach war er keiner mehr von ihnen.

Verdammt noch mal. Eigentlich waren alle gegen uns. Meine sogenannten Freunde waren gegen uns. Ihre Freunde waren gegen uns. Umso mehr wollte ich sie. Sie war perfekt. Ihr hättet sie sehen müssen, so wie ich sie bei unserem ersten Kontakt gesehen habe.

Die Luft war heiß und es roch nach Schokolade. Die nahe gelegene Schokoladenfabrik hatte ihren Betrieb wieder aufgenommen. Sie ging an einem sonnigen Tag in Richtung

Schule. Ich sah sie, gerade als ich von der Schule nach Hause ging. Es war früh und ich war einfach so gegangen. Die restlichen Schüler waren noch in der Schule oder ihre Stunden fingen gerade an. Luna ging auf der anderen Straßenseite als ich. Sie hatte eine rote Schottenhose an und ein Ramones-Leiberl. Sie trug ihre blonden Haare offen. Und zu ihren schwarzen Stiefeln und dem restlichen Outfit hätte nur noch eine Zigarette gefehlt. Leider war es das, was sie überhaupt nicht tat. Rauchen.

Aber so schaute sie aus, und sie war perfekt für mich.

Luna hatte leider, muss ich sagen, zwei Exfreunde auf unserer Schule. Damit will ich sagen, sie hatte mit zwei anderen von unserer Schule was gehabt, bevor sie mit mir etwas hatte. Beide waren Drogenkinder. Der eine ein klassischer Kiffer und der andere, wahrscheinlich der Wichtigere, war ein Drogenkind, wie es im Buche steht. Er hatte nicht einmal Zigaretten geraucht, und dann griff er zu Heroin und noch anderem Zeug.

Ich kannte beide und traf sie immer wieder im Raucherhof. Ich war nicht erfreut darüber, denn Luna bildete sich ein, dass sie mit ihnen befreundet bleiben müsste. Mit mir würde es so etwas nicht spielen. Mir war immer schon klar: Entweder heirate ich sie oder ich sehe sie nie wieder. Ratet einmal, was nach der Schulzeit passiert ist.

Ich hasste es, ihre Exfreunde zu sehen. Schließlich hatten die beiden sie auch nackt gesehen. Es war schon fast etwas Heiliges für mich, sie nackt zu sehen. Verdammt, war die geil!!!!

Luna hatte nicht viele Freunde. Eigentlich hatte sie nur eine Freundin und die lebte in der Steiermark. Sie sahen sich nur ein, zwei Mal im Jahr. Die beiden kannten sich noch vom Kindergarten. Doch mit der Zeit hatten auch die beiden sich auseinandergelebt. Wenn man mich fragt.

Dadurch, dass sie so wenige Freunde hatte, und dadurch, dass sie sich für Drogen interessierte, war es nicht mehr verwunderlich, sie immer bei den Drogenkindern der Schule anzutreffen.

Ich selbst pflegte auch meinen Umgang mit diesen Leuten. Schließlich brauchte auch ich meine Drogen. Nur Andre, den besten Freund von Lunas bestem Freund, fand ich wirklich nett. Er war älter und hatte so etwas Kaputtes an sich, was ich selbst auch einmal in mir sehen wollte. Andre war ein cooler Typ, der ein paar Probleme hatte, über die er nicht hinwegsehen konnte. Aber ich verstand das, schließlich konnte ich auch über manche Sachen aus meiner Kindheit nicht hinwegsehen.

Luna hatte einfach einen schlechten Umgang. Sie hätte Besseres verdient gehabt. Ich wollte ihr das bieten. Aber ich konnte sie nicht davon abbringen, sich mit den Drogen-Exfreunden zu treffen. Ich machte es auch falsch. Ich war halt eifersüchtig. Dabei hätte ich es einfach hinnehmen müssen. Sie wäre schon alleine daraufgekommen. So klug war sie. Wenn ich schon von klug rede. Sie war die Einzige, die sich für Shakespeare und für Pointilismus interessierte. Die anderen Mädels waren irgendwie richtige Mädels. Sie interessierten sich nur für Sachen, die wohl die meisten Menschen als reine Fraueninteressen abstempeln würden. Schminke. Kleidung. Frisuren. Den neuesten Klatsch bei den Promis.

Luna war anders. Sie war kein Mädel. Sie liebte wie eine Frau auf Speed und dachte wie ein Mann auf Koks. Lange sollte ich so eine Frau nicht mehr treffen.

Luna war anders.

Sie war einfach nicht typisch. Dafür ging sie zu oft auf Raves und nahm auch zu viele Drogen. Aber ich will sie hier nicht schlechtreden. Sie nahm nicht jeden Tag Drogen. So wie andere von uns. Die jeden Tag ihr Gras brauchten. Nein. Sie war anders. Wie schon gesagt. Eigentlich nur auf Raves und nur mit ihren Freunden nahm sie Drogen, und wenn ich Drogen sag, mein ich nicht gleich Heroin. Sondern Gras. Speed. MDMA. So was halt.

Es machte mir nichts aus. Ich war sogar froh darüber. Ich dachte, so würde sie für mich mehr Verständnis haben. Sabrina hatte nur gekifft und wollte nicht mit mir gleichziehen, als ich auch andere Sachen ausprobierte. Staci war ein braves Mädel durch und durch. Obwohl auch sie auf einer Party mit uns etwas Gras geraucht hat und natürlich trank sie Alkohol. Aber wer nicht. Na ja, Luna war die erste Freundin, die auch chemische Drogen nahm. Nur zum Feiern. Nicht alleine zu Hause wie andere von uns.

Nur einmal machte ich mir wegen ihres Konsums um sie
Sorgen. Sie schaute einfach schlecht aus. Richtig blass. Wir
waren zu Mittag auf einem Bahnhof und mussten umsteigen.
Wir kamen gerade von einer Party, die Reed, ihr bester
Freund, bei sich zu Hause veranstaltet hatte. Wir waren die
ganze Nacht dort gewesen und hatten gesoffen und gekifft.
Irgendwann hatte sich ein Typ LSD reingehaut und fing dann
an seltsame Sachen zu reden von Schatten, die ihn verfolgen.
Und Katzen, die die Weltherrschaft an sich reißen. Außerdem
fingen irgendwann Reed und Andre mit ein paar anderen an
Kokain und Heroin zu ziehen. Man nennt so etwas einen
Cocktail. Zu diesem Zeitpunkt hatte ich damit noch nicht viel
am Hut, aber trotzdem versuchte ich eine Line Heroin. Das
Koks ließ ich aus. Da es teuer war, wollte mir keiner etwas
spendieren.
Es war eine tolle Feier. Wir waren irgendwo bei Reed mitten
am Land. Ich weiß bis heute nicht, wo das Dorf liegt, in dem
ich war. Aber eines weiß ich noch. Es wurden Boxen
aufgebaut und dann laut Techno gespielt. Natürlich dauerte es
nicht lange, bis die Bullen kamen. Wir mussten leiser sein. Die
Nachbarn hatten sich aufgeregt. Wir drehten die Musik leiser
und die Bullen gingen.
Sobald sie weg waren, drehte Kid, ein Exfreund von Luna, die
Musik wieder voll auf. Sie kamen wieder. Kid redete mit ihnen
und das auf fünf Bier, drei Nasen Koks und eine Line Heroin.
Sie nahmen ihm den Führerschein weg. Nur zur Sicherheit.
Den restlichen Abend verbrachten wir an einem Lagerfeuer,
welches wir gemacht hatten.
Am nächsten Morgen, so um die Mittagszeit, brachte Kid mich,
Luna und ein paar andere nach Wien zum Bahnhof. Ich hatte
die ganze Nacht damit verbracht, irgendwelche Typen zu
beobachten. Der eine auf LSD, die anderen auf Alkohol. Luna
hatte ich an diesem Abend total aus den Augen verloren. Ich
weiß bis heute nicht, ob es nur am Alkohol mit dem Gras lag,
dass sie so bleich aussah, oder ob Heroin und Kokain der
Grund waren, warum sie so dreinschaute.
Ich machte mir richtig Sorgen um sie. Wie sollte ich das ihren
Eltern erklären? Irgendwie musste sie nach Hause. Sie meinte
nur, dass ihre Eltern eh nicht zu Hause wären und dass sie es
locker nach Hause schaffen würde. Ich war mir nicht so

sicher. Am Bahnhof legte sie sich für fünf Minuten auf den Boden. Und ich dachte schon, ich muss den Krankenwagen rufen.

Ich tat es nicht. Ich hatte Vertrauen zu ihr, was Drogen anging. Ich glaube, dass sie ihre Grenzen kennt. An diesem Tag ist auf jeden Fall nichts mit ihr passiert. Oder mir. Außer dass ich mir wirklich Sorgen um sie machte. Wie gesagt, ich war nah dran, den Krankenwagen zu rufen. Am nächsten Schultag war das Ganze eine super Story. Nicht mehr.

16.

Als ich in der 2. Klasse war, ist die Mutter einer Freundin von mir gestorben. Als ich in der zweiten 2. Klasse war, ist ihr Vater gestorben. Sie hieß Blue.

Ich weiß nicht mehr, wie es dazu kam, aber wir nannten sie alle Blue. Für mich wird sie immer Blue sein. Sie hatte eine durchschnittliche barocke Form. Und eine liebe Fehlstellung bei ihren Schneidezähnen. Braune Haare und die liebsten braunen Rehaugen, die man je gesehen hat. Aber so etwas hab ich ihr nie gesagt. Das hätte noch einen falschen Eindruck gemacht.

Wir lernten uns in der ersten HTL kennen. Es sollte eine Weile dauern, bis wir Freunde wurden. Aber ich kannte sie schon damals und sie mich. Wir waren in derselben Klasse und hatten viele Freunde, die sich überschnitten.

Sie war eine der Besten in der Klasse, und sie war auch nach der Schule noch immer eine der Besten. Sie hatte wirklich was drauf. Sie war ein alternatives Mädel. Nein, sie war eine alternative Frau. Sie war stark. Hab selten so eine Frau getroffen. Nicht dass ich sie ficken wollte. Nein.

Blue hatte einen großen Bauernhof geerbt. Sie hatte eine kleine Schwester. Um die musste sie sich kümmern. Sie musste Mutter sein. Und auch in unserer Gruppe war sie eine Mutter. Die beste Mutter, die man sich vorstellen konnte. Sie hatte alles. Liebe, Herz, Kopf, Verstand waren bei ihr nicht zu trennen. Aber ich glaube, sie hatte ein schwieriges Leben. Natürlich, wie sollte es auch anders sein. Ihre Mutter war so früh gestorben. Und danach ihr Vater. An Krebs, langsam und elend. Keiner will seine Eltern so sehen. Wenn es schnell geht und sie weg sind. Okay. Hart, aber fair.

Aber was wollt ihr machen, wenn euer Elternteil langsam verreckt? Ja, langsam. Vor euren Augen. Wie ekelhaft ist das. Das Leben ist hart. Und sie hatte es besonders erwischt.

Ich habe mich mein Leben lang alleine gefühlt und so dachte ich, dass ich sie verstehen würde. Sie hatte einen großen Verlust hinter sich. Sie war alleine.

Ich habe es bis heute nicht verstanden, denn zu diesem Zeitpunkt, in dem ich das schreibe, sind meine beiden Eltern noch am Leben. Also wie sollte ich das verstehen?

Ich beneidete Blue und tu es bis heute, ich kenne nur zwei Menschen, die ich für so ausgeglichen halte wie sie. Und das sind zwei verheiratete verrückte Psychologie-Philosophen. Diese Frau hat mich schwer beeindruckt. Nicht nur durch ihre Gelassenheit, die sie an den Tag legt, sondern auch weil und besonders weil sie so anders und eigen ist.

Wenige Worte könnten sie, glaub ich, gerecht beschreiben. Ich möchte es gar nicht versuchen. Warum auch? Man müsste sie kennen, um zu wissen, was ich meine.

Vielleicht versuche ich es doch. Blue war eine gute Freundin. Es war ihre Party, auf der ich Luna fingerte. Sie war der Grund, dass Markus mich akzeptierte. Sie war der Grund, dass ich mit Fabi befreundet blieb. In vielen Momenten meines Lebens war sie anwesend. Meistens war sie nur eine Nebenfigur, aber sie war keine undankbare. Damit will ich sagen, sie hat immer ihre Rolle genommen, wie sie kam. In all unseren Leben auf der Schule, in der Clique, bei uns Freunden.

Und dann kam es, dass sie eine Hauptrolle einnahm. Sie wurde die Freundin von Markus. Dieser hatte es in der Zwischenzeit geschafft, Schulsprecher zu werden. Die beiden hatten das erste Mal was miteinander, als wir irgendwann auf einer Party bei Fabi gelandet waren. Ich selbst ging mit Luna nach Hause. Denn ich wohnte in der Nähe. Die anderen schliefen bei Fabi. Blue hatte wohl Markus auf der Couch einen geblasen. Danach waren sie zusammen. Oder so. PS: Es gab kein Happy End.

Ich selbst hatte an diesem Abend das erste Mal LSD ausprobiert. Verdammt, war das lustig. Alles funkelte und alles schien in einem göttlichen Glanz zu scheinen. Köstlich. Die anderen waren alle am Saufen. Irgendjemand hatte Geburtstag, und wir waren in der Stadt. Danach landeten wir, wie schon erzählt, eben bei Fabi zu Hause. Er hatte mittlerweile seine eigene Wohung. Keine fünf Minuten von mir entfernt.

Früh am Morgen, als das LSD seine ganze Wirkung zeigte, schnappte ich mir Luna und ging zu mir. Wir schlichen uns in mein Zimmer. Und versuchten keinen zu wecken. Sobald wir im Bett lagen, zog sich dieses verdammte Mädel aus. Wie sollte ich anders. Sie war warm und wunderschön. Wir schliefen miteinander. Sie war betrunken und ich betrunken und auf Acid.

Es war der Wahnsinn. Kein Mensch kann das nachempfinden. Außer er hat seine Traumfrau mal auf eine göttliche Art gefickt. Nein, nicht du, sie, sondern man war eins. Unbeschreiblich. Ich danke Gott für diese Erinnerung in meinem Hirn. Sonst hätte ich mich schon vor Jahren erschossen. Diese eine Erinnerung macht Jahrhunderte von Folter wett. Glaubt mir oder nicht. Wenn nicht, macht es einmal. Schnappt euch die Frau, die ihr am meisten liebt, und fickt sie auf einem Trip, der von einer anderen Welt ist.

Nach unserem Fick konnte ich wie sonst nicht schlafen. Luna schlief sofort ein. Ich selbst sollte noch Stunden munter sein. Das LSD ließ mich einfach nicht schlafen. Ich schwamm auf einer flauschigen gelben Wolke dahin, als ich meinen Bruder hörte.

Es war Sonntag. Wir hatten heute ein Familientreffen. Durch den Geburtstag, den wer auch immer gehabt hatte, hatte ich ganz vergessen, dass das anstand.

Jetzt konnte ich erst recht nicht schlafen. Mein Bruder war munter. Eine halbe Stunde später war auch meine Mutter munter.

Neben mir eine Göttin in Blassweiß und vor der Tür der pure Horror. Wir mussten zu einem Familienessen mit der Großmutter meines Bruders. Wie schon gesagt, er war nur mein Halbbruder. Somit war seine Großmutter nicht mit mir verwandt, also warum sollte ich mich benehmen? Konnte ich sowieso nicht. Das LSD machte Faxen mit mir.

Noch immer glänzte alles und verschwamm ineinander. Und das um 9 Uhr in der Früh. Vor meiner Zimmertür hörte ich meinen Bruder und meine Mutter streiten. Ich wollte nicht raus. Ich wollte nicht zu irgendjemandem fahren, nur weil er irgendwie über drei Ecken mit mir verbandelt war. Mir war das zuwider. Am liebsten wäre ich mein restliches Leben hier in meinem Bett gelegen und hätte Luna beim Schlafen zugeschaut.

Leider bekommt man nicht immer das, was man will, aber ich hatte zumindest diese eine ganz besondere Erinnerung. Doch dann klopfte es an der Tür. Mein kleiner Bruder kam rein. Meine Mutter hatte ihm gesagt, er solle mich aufwecken. Dabei hatte ich alles andere als geschlafen.

Ich schickte meinen Bruder wieder raus und sagte ihm: „Verdammt, ich bin eh munter! Lass mich in Ruhe! Ich komm gleich raus."

Mein Bruder verschwand und schloss die Tür hinter sich. Ich stand aus dem Bett auf und begann mich anzuziehen. Ich hatte Probleme, passende Socken zu finden. Irgendwie wollte kein Paar zusammenpassen. Dabei waren alle meine Sockenpaare schwarz. Doch irgendwie störte mich immer etwas. Entweder hatten sie ein kleines Loch oder der Gummibund war ausgeleiert. Normalerweise hatte ich solche Probleme nicht, aber auf LSD, da ist alles etwas anders.

Als ich angezogen war, legte ich mich wieder zu meiner Freundin. Sie war nackt und warm. Ich legte mich hinter sie und sie drückte mir ihren warmen weichen Hintern in die Leiste. Göttlich.

Ich küsste ihren Hals und weckte sie damit auf. Luna in der Früh, verschlafen und noch restfett, bei sich zu haben war wunderschön. Leider musste ich los.

Wir waren beide munter und angezogen, gingen dann raus aus meinem Zimmer und setzten uns zu meiner Mutter und meinem Bruder ins Wohnzimmer an den Tisch. Es gab etwas zum Frühstücken. Doch ich hatte keinen Hunger. Luna auch nicht. Wir saßen nur da und tranken etwas Saft.

Es konnte nicht ewig so weitergehen. Wir mussten los. Ich mit meiner Familie zu einem Treffen und Luna nach Hause.

Ich ging noch einmal in mein Zimmer und holte eine
Sonnenbrille hervor. Meine Augen schauten fürchterlich aus.
Riesengroße Pupillen, blutunterlaufen mit schwarzen
Augenringen. Als wir dann in der Garage waren und uns in
den Wagen setzten, bemerkte meine Mutter meine Brille.
„Warum trägst du eine Sonnebrille?", fragte sie. Ganz nett und
ohne böse Absicht dahinter. Mein noch immer versoffenes und
aufgelöstes Gehirn dachte aber anderes.
„Was soll das jetzt wieder?! Nicht nur, dass ich zu Phils
Großmutter mitfahren muss! Nein, nicht mal eine
Sonnenbrille kann man tragen, ohne dass einem gleich
irgendwas unterstellt wird!"
Luna flüsterte mir leise zu: „Beruhig dich wieder. Du bist noch
immer drauf, oder?"
Ich nickte und versuchte nichts mehr zu sagen. Wir brachten
Luna mit dem Auto vor ihre Haustür und fuhren dann weiter.
Bei meiner Großmutter angekommen, die eigentlich gar nicht
meine war, waren wir dann zum Essen eingeladen. Hunger
hatte ich noch nicht und selbst wenn, wäre dieses Essen unter
aller Sau gewesen. Es gab Schnitzel. In der Panier fand ich
mehrere lange schwarze Haare eingebacken. Und der Salat
hatte wohl nie ein Dressing gesehen. Keiner sagte was. Ich
wollte nicht mehr Aufmerksamkeit haben, als ich eh schon
durch mein seltsames Verhalten bekam. Warum die anderen
nichts zum Essen sagten, weiß ich nicht.
Nicht nur dass im Wohnzimmer von Phils Großmutter die
Wände anfingen sich aufeinander zuzubewegen, auch der
Fernseher wurde größer oder kleiner. Geradeso, wie es ihm
gefiel. Bevor das Essen auf dem Tisch stand, saß ich nur mit
meiner Sonnenbrille auf der Couch und lachte abwechselnd,
gefolgt von verblüffendem Schweigen.
Als dann das Essen kam und ich etwas darin herumstocherte
und so tat, als würde ich essen, begann das Schnitzel zu
atmen. Es schien lebendig zu sein und sich von links auf dem
Teller auf rechts zuzubewegen. Ich stach mit meiner Gabel
heftig hinein und flüsterte leise: „Jetzt bleib, wo du bist."
Mein Bruder musste lachen. Danach musste auch ich lachen.
Es war später Nachmittag, als wir wieder nach Hause fuhren
und dieses wirklich seltsame Essen hinter uns lassen
konnten.

Zurück in meinem Zimmer, wurde ich leicht depressiv. Ich kam von meinem Rausch herunter. Das LSD verließ meinen Kopf und der Alkohol war schon lange weg. Jetzt wurde ich nüchtern. Normalerweise kein Problem, da ich wusste, der nächste Rausch lässt nicht lange auf sich warten. Doch dieses Mal konnte ich nicht an Alkohol denken oder an andere berauschende Drogen. Ich wollte nur Luna neben mir haben. Die Nacht, die auf mich zukam, war von Zweifeln und noch mehr Verzweiflung geprägt. Ich fand keine Ruhe und konnte nicht schlafen. Die Reste des LSD in meinem Gehirn, die immer noch da zu sein schienen, waren nicht mehr nett und lustig. Eher beängstigend.

Ich wollte weg von hier. Raus aus meinem Zimmer. Das machte ich dann auch. Ich verließ meine elterliche Wohnung und ging hinaus auf die Straße. Etwas frische Luft könnte mich beruhigen. Doch meine Sehnsucht nach Lunas warmem Körper ließ mir keine Ruhe.

Es war mitten in der Nacht oder früh am Morgen, als ich mich entschied, meine Freundin anzurufen. Ich weckte sie natürlich auf, aber sie war für mich da. Und ich schätze es sehr, wenn Leute für einen da sind, obwohl sie müde sind. Müdigkeit kann sehr quälend werden. Das wurde mir auch an diesen Tagen wieder einmal bewusst.

Ich nahm ein Taxi zu ihr und klopfte dann an ihre Tür. Sie öffnete mir und ich umarmte sie gleich danach.

„Ich kann nicht mehr ... kann ich etwas neben dir schlafen?"
Sie erklärte mir, dass sie bald losmüsste, aber sich noch eine Weile neben mich legen würde. Wir gingen in ihr Zimmer und ich legte mich mit meinen Klamotten in ihr Bett. Luna legte sich in ihrem Pyjama zu mir und kuschelte sich an mich.
Es dauerte keine 10 Minuten und ich schlief ein.

17.

Fabi und ich hatten teilweise wilde Zeiten miteinander erlebt. Ich erinnere mich an ein Fest irgendwo bei seinen Großeltern draußen am Land. Es waren so gut wie nur Bauernkinder dort. Ich selbst hatte zwar viel Zeit mit Bauern verbracht, da mein Vater auch aufs Land rausgezogen war, aber wirklich leiden konnte ich sie nie. Ich hatte bei meinem Vater am Land draußen einen guten Freund. Er war jünger als ich, aber das störte nicht, wir waren beide Kinder. Ich halt etwas älter, aber gleich dumm. Alle anderen in dem Dorf meines Vaters waren Idioten. Oder besser gesagt: Sie waren größere Idioten. Doch jetzt war ich älter und vielleicht waren die Bauernschädel gar nicht so schlimm. Fabi und ich kamen irgendwann um die Mittagszeit bei seinen Großeltern an. Ich wurde herzlich empfangen. Nur der kleine Dackel, den sie hatten, mochte mich nicht. Da es eben Mittagszeit war, bekamen wir gleich etwas zu essen, als wir ankamen. Das Essen war verdammt gut. Es gab Wild mit einer Eierschwammerlsauce. Ich bin zwar kein Pilzfan, aber das Essen war wirklich gut. Fabis Großmutter konnte wirklich kochen.

Nach dem Essen, welches mich zum Platzen brachte, spielten wir Karten. Fabis Großvater, sein Vater, Fabi und ich. Die Großmutter machte einstweilen den Abwasch. Ich war nie gut in diesen Kartenspielen, aber es machte Laune. Wir saßen im Freien und rauchten eine nach der anderen. Alle hier waren Raucher. Starke Raucher. Irgendwie passte ich mich an und begann auch wie ein Schornstein zu rauchen. Mir tat schon der Hals weh.

So vergingen die Stunden und es wurde langsam dunkel draußen. Fabi hatte sich entweder mit seiner Großcousine oder Tante verabredet. Ich weiß es nicht mehr. Wir waren bei ihr eingeladen, vorzutrinken, bevor wir auf das Fest gehen würden. Wir gingen ein bisschen durch das Dorf und kamen dann zu einem Bauernhof. Genauso, wie man ihn sich vorstellt. Draußen im Innenhof waren mehrere Bänke und Tische aufgestellt. Verdammt, waren dort viele junge Leute. Ein paar ältere gab es auch. Die Stimmung war gut und alle tranken. Man begrüßte uns herzlich und setzte uns an einen Tisch mit eben Fabis Tante oder Großcousine. Keinen Plan. Was ich aber noch weiß, ist, dass sie eine Bekannte hatte. Ja, sie schaute gut aus, aber das interessierte mich nur peripher. Schließlich hatte ich eine Freundin. Luna. Sie war an diesem Abend mit Freunden unterwegs und nahm LSD, was zu einem mittelgroßen Drama führte. Aber dazu später.

Auf jeden Fall war das Mädel ganz ansehnlich. Fabi hatte das schon vor langer Zeit bemerkt und versuchte sein Glück bei ihr. Den ganzen frühen Abend saß er neben ihr und erzählte ihr irgendetwas von seiner Ausbildung zum Chemiker und welche großen Pläne er noch habe. Sie selbst war ziemlich höflich und erzählte auch von ihrer Ausbildung, die sie gerade machte. Das ging eine ganze Weile so. Ich selbst nuckelte an meinem Bier herum und versuchte so gut wie möglich den Gesprächen aus dem Weg zu gehen. Es waren einfach viel zu viele Menschen hier. So viele verschiedene Charaktere. Das verwirrte mich immer.

Irgendwann, kurz bevor wir losgehen wollten auf das Dorffest, fing einer an mit Schnäpsen daherzukommen. Ich hasste das Zeug. Es gab Marille, Birne und Feige. Jeder bekam ein Stamperl, auch ich. Wie gesagt, ich hasste das Zeug. Ich bekam es kaum herunter und das wusste ich. Als mir das Glas gereicht wurde, wollte ich nett, aber bestimmt ablehnen. Ich hatte keine Chance. Diese Bauern waren sehr penetrant. Ich schaute Fabi an und sagte: „Verdammt, wenn ich das trinke, muss ich kotzen. Kann ich es unter dem Tisch ausleeren?"

„Nein, lass mal, ich trink für dich mit. Gib her", sagte er. Einmal, zweimal, dreimal, viermal. Ja, es wurden mehrere Runden verteilt. Ich saß da und schaute Fabi zu, wie er jede Runde zwei Schnäpse trank. Meinen und seinen.

Es kam, wie es kommen musste. Alle waren stockbesoffen. Ich selbst hielt mich gut dabei, denn ich hatte nur mein Bier getrunken und nichts Hartes. Die letzte Runde kam und Fabi haute sich wieder beide rein. Meinen und seinen Schnaps. Dann ging es los. Wir verließen den Bauerhof und wanderten als riesige, betrunkene, singende Gruppe durch das Dorf. Das Fest war am Dorfrande aufgebaut worden, und bei unserem Gang durch das verschlafene Dorf begegneten wir immer wieder anderen Gruppen. Wir sangen, die sangen. Nur um das klarzustellen, ich sang nicht. Dafür hatte ich zu wenig getrunken. Außerdem beginne ich nicht einfach so zu singen. Obwohl, in diesem Moment hätte es gepasst.

Fabi war schon gut betrunken, aber wir schafften es auf das Festgelände. Wir zahlten unseren Eintritt, und sobald wir drinnnen waren, löste sich unsere Gruppe auf, mit der wir gekommen waren. Jeder ging woanders hin und auf einmal waren Fabi und ich alleine.

Das Fest war größer, als ich mir gedacht hatte. Es gab mehrere Bühnen mit Musik. Von Rock über Punk bis zu Techno und House. Fabi war mehr für das Elektronische und ich eher für Gitarrensound. Wir schauten uns überall um und gingen dann zu der erstbesten Bar.

Es war, wie schon gesagt, viel los. Die Preise waren niedrig am Land. Nicht so wie bei uns in der Stadt. Hier konnte man sich noch richtig betrinken für sein Geld. Nicht, dass Fabi das nicht eh schon gemacht hätte. Ich selbst war im Rückstand und wollte aufholen. An der Bar bestellte ich ein Wodka Energy für Fabi und ein Cappy Orange für mich.

Als ich dem Barmann sagte: „Und ein Cappy Orange", fragte mich der: „Sicher Cappy Orange? Ohne Wodka?"

„Verdammt!", sagte ich. „Ja, hast recht, da fehlt der Wodka."

In diesem Moment dachte ich mir schon, dass ich vielleicht ja doch schon genug getrunken hatte. Schließlich konnte ich mir nicht einmal mehr einen Wodka Orange bestellen.

Wir bekamen unsere Getränke. Mit Alkohol darin und wie da Alkohol drinnen war. Die Bauernleute an der Bar mischten die Getränke, wie es ihnen gerade passte, und das hieß meistens viel Alkohol.

Danach stellten Fabi und ich uns zu einer Bühne und redeten über alles Mögliche. Aber ich glaube mich zu erinnern, dass wir viel über Frauen sprachen. Ich selbst hatte meine Jungfräulichkeit mit 14 verloren, Fabi dagegen war noch immer eine Jungfrau. Somit hatte es recht wenig Sinn, mit ihm über Frauen zu reden.

Wir gingen wieder zur Bar. Es muss das vierte oder fünfte Mal gewesen sein. Ich war schon betrunken. Keine Ahnung, wie es Fabi gegangen sein muss. Schließlich war er einige Schnäpse voraus. Ich gab Fabi fünf Euro in die Hand und sagte ihm: „Einen Wodka Orange und vergiss den Wodka nicht." Er ging los.

Ich wartete und wartete. In der Zwischenzeit hatte ich zwei Zigaretten geraucht, als mich die Wut packte und ich ihn suchen gehen wollte. Es dauerte nicht lange und ich sah ihn, wie er mit ein paar Typen redete. Ich sah ihn nur von hinten. Vielleicht auch etwas von der Seite, aber was ich genau sah,

war, dass er meinen Wodka Orange in der Hand hielt. Also
ging ich hin und sagte: „Wo bleibst du?!", nahm ihm das
Getränk aus der Hand und machte einen großen Schluck. Es
dauerte keine zwei Sekunden und der Typ, dem ich gerade den
Becher aus der Hand genommen hatte, fragte: „Bist du
deppert?!"
Es war nicht Fabi. Nein, dieser Typ hatte auch nichts mit ihm
gemein. Das Einzige war anscheinend, dass er, wie Fabi es tun
sollte, zwei Becher in der Hand hielt. Ich entschuldigte mich,
so gut es ging, schließlich waren er und seine Freunde nicht
sehr erfreut über mein Verhalten. Ich bot ihm sogar an sein
Getränk zu bezahlen, aber er wollte mich nur loswerden.
Gerade als ich sagte: „Nochmals, es tut mir leid", kam Fabi
aus einer Menschenmenge hervor, die vor der Bar stand, und
sagte: „Hier." Dabei reichte er mir meinen Becher. Ich schaute
ihn skeptisch an. Wollte nur sichergehen, dass er es dieses
Mal wirklich war, aber er war es.
„Sind das Freunde von dir?", fragte er mich und zeigte auf
seinen Doppelgänger.
„Nein, lass uns lieber gehen, bevor ..."
Wir gingen und fingen wieder an über Frauen zu reden.
Vielleicht auch nur ich. Luna regte mich auf. Ich konnte es
nicht leiden, wenn sie ohne mich unterwegs war. Ja, ich war
eifersüchtig. Einer ihrer Exfreunde war auch dabei und hatte
ihr vor kurzem erzählt, dass er immer noch etwas von ihr
wollte. Das war für mich ein No-go. Ich sagte ihr, dass ich das
nicht gutheiße, aber ihr war das egal. Sie traf sich weiter mit
ihm. Nicht alleine, sondern in einer Gruppe, aber was machte
das schon. Betrunken konnte es leicht passieren, dass man
mit seinem Ex schläft. Dessen war ich mir sicher.
Ich begann einen bösen Plan zu schmieden. Ich wollte, dass
sie sich auch so fühlt wie ich mich. Ich wollte, dass sie sich
Sorgen macht.
Ich rief sie an. Sie hob ab und fragte mich gleich, wie die Party
war. Ich lallte stärker betrunken, als ich wirklich war. Dass
alles gut sei, nur dass mich dieser eine Typ nerve. Sie fragte:
„Welcher Typ?"
Aber da hatte ich das Handy schon vom Ohr und begann so zu
tun, als hätte ich gerade einen Schlag bekommen. Ich schlug
zurück. Natürlich war keiner da, denn ich schlug nicht

wirklich, aber ich tat so. Fabi musste bei meinem Schauspiel lachen. Ich schrie und murmelte wieder ins Telefon hinein. Dann legte ich auf, nachdem ich noch einen Schrei losgelassen hatte. Es war so laut hier auf dem Fest, dass es niemanden störte, aber ich wusste: Luna hatte es gehört. Fabi und ich lachten. Ich fand es lustig. Warum auch nicht? Betrunken ist so einiges lustig. Nüchtern wäre ich wohl nie auf so eine Idee gekommen. Aber im betrunkenen Zustand konnte ich leicht sadistisch werden.

Es dauerte keine fünf Minuten und Fabis Handy klingelte. Luna wusste, wo ich war und mit wem ich hier war. Bevor Fabi abhob, sagte ich ihm noch: „Sag der Schlampe einfach, ich wäre festgenommen worden und müsste die Nacht in der Ausnüchterungszelle verbringen." Fabi hob ab und log für mich. Wieder mussten wir lachen. Er legte auf, nachdem er ihr alles von der imaginären Schlägerei und den Polizisten, die mich mitgenommen hätten, erklärt hatte.

Was ich zu diesem Zeitpunkt nicht wusste, war, dass Luna LSD genommen hatte, vielleicht waren es auch Pilze. Auf jeden Fall machte sie sich mehr Sorgen, als das ein normaler, nüchterner Mensch tun würde. Ich wusste es halt nicht und sie durchlebte einen Horror-Trip. Warum sie unbedingt mit ihren verblödeten Freunden und Exfreund psychoaktive Substanzen nehmen musste, wusste ich nicht. Ich hatte sie oft gefragt, ob wir das zusammen machen wollen. Meistens war der eine von uns nüchterner als der andere. Wir waren nie auf dem gleichen Level. Das wollte ich ändern, nur einmal wollte ich mit ihr in den Wolken schwimmen. Aber sie hatte immer etwas dagegen. Mit ihren Freunden tat sie so etwas natürlich! Das machte mich wütend und wir stritten eine Woche lang darüber, wer sich von uns dümmer verhalten hatte. Ich, der sie anlog, weil ich eifersüchtig war, mir Sorgen machte und es ihr gleichtun wollte, oder sie, die einfach mit ihren Freunden Drogen nahm, obwohl sie das auch mit mir hätte tun können. Wir kamen auf keinen grünen Zweig. Aber wir vergaßen diese Geschichte und machten weiter.

Fabi und ich machten an diesem Abend nach dem Telefonat auch weiter und tranken. Wir hielten uns viel in der Nähe der Bar auf. Irgendwann, es muss spät in der Nacht gewesen sein, aber das Fest war noch voll im Gange, stellte sich ein Mädel zu uns. Fabi begann mit ihr zu reden. Worüber wir mit ihr redeten, weiß ich nicht mehr, aber das ging eine ganze Weile so. Entweder Fabi oder ich erzählten unsere betrunkenen Geschichten. Wie viel davon übertrieben war, weiß ich auch nicht mehr, aber sie musste oft lachen.

Dieses Mädel schien mit uns beiden zu flirten. Entweder war sie eine Schlampe oder sie wollte einen Dreier und dann war sie erst recht eine Schlampe. Es kam dazu, dass wir eine ganze Weile mit ihr so herumstanden und redeten.

Irgendwann rissen wir uns doch noch von ihr los. Wir waren einfach beide zu besoffen, um noch eine einzige Minute mit dieser Person weiter zu reden. Wir entschieden uns nach Hause zu gehen. Mit nach Hause meinten wir das Haus von Fabis Großeltern, die uns über Nacht hierbehalten wollten.

Wir gingen auf dem schnellsten Weg nach Hause. Ohne Umwege und das sollte schon etwas heißen in unserem Zustand. Ich selbst hätte nie wieder zurückgefunden, aber Fabi kannte sich richtig gut aus für seinen Zustand. Bei ein paar Kreuzungen musste er zwar überlegen, aber es ging alles in allem recht schnell nach Hause.

Gerade als wir das Festgelände verließen, stoppte mich Fabi. Er schaute mich mit einem sehr ernsten Blick an und fragte:

„Das Mädel von vorhin ..."

„Ja?"

„Die war hässlich, oder?"

Wir mussten beide lachen und gingen nach Hause.

18.

Kokain ist schon eine verteufelte Sache. Wirklich teuer und meistens von schlechter Qualität. Dazu kommt noch, dass er viel zu kurz hält, der Rausch, und dass jeder es haben will. Ich kann mich noch an zwei Abende erinnern, an denen mir das Zeug wirklich Kopfschmerzen machte.

Das erste Mal war auf einer Geburtstagsparty. Ich glaube, Blue oder Decia waren es, die feierten. Vielleicht auch beide gemeinsam. Ich war eingeladen, ich nahm Luna mit und ein Gramm echt gutes Kokain.

Wir waren in der Stadt in so einem Club, wie man ihn aus den Filmen kennt. Alles war dabei, schlechte Musik, überteuerte Getränke und nur Idioten im Club. Es waren viele Leute auf diese Party eingeladen. Wenn ich sie alle aufzählen müsste, würde ich sagen: Andre, Brix, Reed, ich, Decia, Nadin, Blue, Fabi, Markus, Luna, Markus´ Freundin, deren Namen ich vergessen habe, aber die war auch dort. Doch, ich weiß es wieder. Meli hieß sie. Genau.
Dann kamen noch ein paar Leute dazu. Wir kannten uns alle von der Schule und waren auch teilweise in dieselbe Klasse gegangen.
Es war nicht gerade viel los im Club. Aber wir freuten uns alle, Nadin wiederzusehen. Ich selbst war mit ihr in der ersten Klasse gewesen, genauso wie Fabi, Blue und Decia. Sie schaute wirklich gut aus und ich dachte schon an einen Dreier mit ihr und Luna. Ob Luna mitmachen würde? Wahrscheinlich, denn sie hatte nichts gegen gutaussehende Frauen. Aber ich war nicht der Einzige, der mit ihr zu flirten versuchte. Eigentlich alle Typen. Na ja, was soll man auch sagen? Sie schaute halt gut aus. Alle anderen Frauen in der Gruppe waren vergeben oder schauten eben nicht so gut aus.
Aber das Schlimme war nicht, dass es mit Nadin und mir nicht funktionierte, sondern dass die Typen alle mein Koks wegzogen. Brix, Andre und Reed hatten mitbekommen, dass ich etwas dabeihatte. War auch irgendwie klar, ich hatte es Andre einen Tag davor abgekauft und ihm gesagt, es sei für diese Party.
Selbst hatten sie nur etwas Gras dabei, welches wir alle vor dem Club rauchten. Dann war ich dran. Ich ging aufs Klo und drei Typen folgten mir. Sollte das jetzt ein Hardcore-Schwulenporno am Klo werden, oder was? Aber mir wurde schnell klar, worum es ihnen ging. Kokain.
Jeder liebt es, wenn er es einmal ausprobiert hat. Doch diese Typen wollten es nicht einfach mal ausprobieren, die wussten ganz genau um die Sache Bescheid. Es ging ihnen nur um gratis Koks.
Nett wie ich bin, oder war ich einfach nur high, legte ich ihnen eine Line nach der anderen auf. Zu viert verließen wir das Klo. Während der eine sich noch etwas aufs Zahnfleisch schmierte,

zog der andere kräftig die Nase auf. Es muss ein lustiges Bild abgegeben haben, als wir aus dem Klo kamen.

Die Party ging weiter. Es war nicht die beste Party, aber es war eine. Mit Kokain wird alles zur Party. Leider hatte ich nach diesem Abend – keine Ahnung, wie viele Stunden vergangen waren – kein Koks mehr. Ich hatte alles an sogenannte Freunde verschenkt. Vielleicht waren sie es zu dieser Zeit auch, nur danach waren sie keine mehr.

Ein anderes Mal fing ich mir auf einer Party, auf der ich Kokain dabeihatte, richtige Probleme ein. Es war unser Schulfest. Die Schule selbst hatte schon lange kein Fest mehr gegeben, aber in diesem Jahr wurde Markus zum Schulsprecher ernannt und dieser hatte sich eine große Party in den Kopf gesetzt. Es wurde ein Schwulen- und Lesbenlokal für das Fest angemietet. Er gab sich richtig Mühe, es gab Dekoration im Chemiker-Style. Sogar für rauchende Kolben hatten wir gesorgt. Fabi und ich hatten das Trockeneis organisiert. Das Lokal lag in der Nähe der Stadtbahnbögen. Es kamen recht viele Leute. Aus allen Klassen kamen sie auf diese Party. Zur Begrüßung gab es Shots. Dann ging man hinunter in den Keller. Dort legte ein DJ auf. Natürlich einer aus unserer Schule. Es gab eine große Bar und es schien ein recht netter Abend zu werden. Wäre da nicht dieses eine Problem zwischen Luna und mir gewesen. Natürlich war es mehr mein Problem als ihres. Wie so oft. Auf der Party waren alle möglichen Leute, und das schloss auch Lunas drei Freunde ein, die sie vor mir auf der Schule gehabt hatte. Ich wollte nur gleichziehen und fragte eine alte Schulkollegin aus der Unterstufe, von der ich immer schon etwas gewollt hatte, ob sie auch kommen möchte. Sie sagte Ja und nahm ihre kleine Schwester mit, die ich auch kannte. Während ich bei Dara, meiner alten Klassenkameradin, keine Chancen hatte, hätte ich bei ihrer kleinen Schwester echt landen können. Aber das wollte ich nicht. Ich wollte auch Dara nicht. Ich wollte nur Luna. Während es mit Sabrina so angenehm gewesen war – die hasste nämlich alles und jeden – , war es mit Luna schwieriger. Sie mochte andere Menschen. Das machte mich wütend. Wie konnte sie nur? Ich mochte doch auch niemanden. Aber ich wollte sie eifersüchtig machen und dabei half mir Dara. Aber es wurde wie immer etwas zu extrem, auch wenn es dieses Mal nur ein dummer Zufall war. Dara kam mit ihrer Schwester auf die Party und ich begrüßte beide. Ich führte sie in dem gemieteten Club herum und stellte Dara ein paar meiner Freunde vor. Luna stellte ich ihr auch vor. Sie war eifersüchtig und genau das wollte ich.

Die Party nahm ihren Lauf und ich hielt mich viel bei der Bar auf. Trank und redete mit Leuten, mit denen ich noch nie gesprochen hatte. Aber wir kannten uns alle vom Sehen. Leider hatte ich Kokain dabei und das sollte mir den Hals brechen.

Es kam irgendwie dazu, dass ich mich mit Kid, Lunas Exfreund, unterhielt, wir redeten über vergangene Treffen und über die Schule. Irgendwann sagte ich dann wohl so etwas wie: „Ich geh mir mal die Nase pudern."

„Kann ich auch was haben?", war Kids erste Frage. Er wusste genau, worum es ging. Ich hatte schon einige Whiskys getrunken und sagte: „Ja, warum nicht? Schließlich sind wir Fuck-Brüder."

Ich ging mit ihm zu den Toiletten. Es war besetzt. Wir warteten, aber nach ungefähr fünf Minuten, in denen wir auch etwas gehört hatten, waren wir uns sicher, dass sich da drinnnen gerade einer die Seele aus dem Leib kotzt.

„Scheiße. Gehen wir aufs Frauen-Klo", sagte Kid. Ich stimmte ihm zu und ging mit ihm aufs Frauen-Klo. Und schon musste alles schiefgehen. Dara und ihre Schwester waren gerade drinnen. Sie wuschen sich die Hände und ich begrüßte sie noch einmal sehr erfreut.

„Wir brauchen nur kurz euer Klo. Keine Sorge", sagte ich zu ihnen.

„Sollen wir auf dich warten?", fragte die kleine Schwester. Ich sagte: „Ja, bitte. Bin gleich wieder da." Dann verschwand ich gemeinsam mit Kid aufs Klo. Die erste Line war für mich. Ich legte sie mir richtig dick und groß. Es hatte fast nicht alles Platz in meiner Nase, aber irgendwie schaffte ich es doch. Ich war sofort high bis unter den Dachbalken. Dann legte ich Kid eine Line auf. Klein und in keinster Weise wie meine.

„Hier hast du. Ich geh mal raus. Man sieht sich noch", sagte ich zu ihm und ging aus dem Klo raus. Ich wusch mir die Hände, und Dara und ihre Schwester hatten wirklich gewartet.

Noch einmal begrüßte ich sie und bedankte mich bei ihnen fürs Warten. Dann verließen wir zusammen die Toiletten. Genau in diesem wunderschönen Moment, als ich mit meiner früheren Flamme und ihrer Schwester das Klo verließ und mir das Kokain den Hals runterronn, kam Luna um die Ecke. Ich weiß noch, dass mein Hosenstall offen war, wie ich bemerkte. Genau so sah sie uns. Ich mit einem Kokain-Blick im Gesicht, zwei Frauen an meiner Seite und einer offenen Hose, als wir die Damen-Toilette verließen.

Sie schaute uns nur kurz an und begann zu weinen. Dann verließ sie im Sturm den Club und ging raus auf die Straße. Ich folgte ihr. Meinen Rausch, Kokain und Alkohol konnte ich nicht mehr genießen. Ich versuchte ihr zu erklären, was passiert war. Dass ich nur ihren dummen Ex auf etwas eingeladen hatte und dass das Männerklo besetzt gewesen war. Dass die beiden auch drinnen waren, war ein riesiger Zufall. Ich hatte nach der ersten Begrüßung und dem Vorstellen der Leute mit ihnen kaum bis gar nicht geredet. Sie hatten ihren Zweck erfühlt. Luna war eifersüchtig. Doch jetzt war sie wütend und wollte die Beziehung mit mir beenden. Ich redete auf sie ein und sagte ihr: „Es gibt so viele Gründe, warum du mich verlassen könntest, und jetzt suchst du dir diesen aus! Nein, das kann ich nicht akzeptieren. Es war ein Zufall, dass Dara auch am Klo war. Glaubst du wirklich, wenn etwas mit der gelaufen wäre, dass ihre Schwester da mitmachen würde?!"

„Nein, nicht wirklich, aber ..."

„Aber was? Sei nicht so dumm!"

Sie beruhigte sich wieder. Ja wirklich, nachdem ich gesagt hatte, sie solle nicht so dumm sein, beruhigte sie sich wieder. Keine Ahnung, warum, aber es schien ihr wichtig zu sein, dass sie vor mir nicht dumm erschien, und das wäre Dummheit in Höchstform gewesen. Das wusste sie. Dann.

Wir hockten beide am Straßenrand und umarmten uns. Es war schön. Es war wie zu Hause. Warum auch nicht?! Luna fühlte sich immer wie zu Hause an. Nicht so wie mein wirkliches Zuhause.

Ich entschied dann, es für heute gut sein zu lassen, und sagte zu ihr: „Wollen wir nach Hause fahren?" Sie nickte und wir fuhren gemeinsam nach Hause. Die Party war noch voll im

Gange, als wir gingen, und ich hatte mich bei keinem
verabschiedet, aber das war mir in diesem Moment egal. Ich
wollte einfach nur Luna in meinen Armen halten und sie nie
wieder loslassen. Vier Wochen später trennten wir uns.

19.

Fabi hatte ein Händchen für Frauen. Er suchte sich eigentlich
immer wirklich gut aussehene Mädels aus. Außer der, an die
er seine Jungfräulichkeit verloren hatte.
Das war ein Abend, an dem wir eigentlich bei Markus zum
Trinken eingeladen waren. Wir fuhren nach Kagran. Von der
U-Bahn-Station war es nicht mehr weit. Fabis Handy läutete.
Ich kann mich an das Gespräch nicht mehr erinnern, aber es
endete damit, dass Fabi mich stehen ließ und zu einer
gewissen Anne fuhr. Sie war auch an unserer Schule und
schien etwas für alte Jungfrauen übrigzuhaben. Wie gesagt, er
ließ mich stehen. Ich ging zu Markus und trank mein Bier.
Dabei unterhielt ich mich mit ihm und seiner Freundin Meli.
Drei Stunden später kam er wieder an. Er kam als Mann. Na
ja, wie auch immer, er kam. Jetzt hatte er auch endlich einen
weggesteckt. Ich freute mich für ihn und es gab damit etwas
zu feiern. Nicht dass ich zum Feiern einen Grund brauchte.
Aber so feierte und trank es sich besser.
Auch wenn ich jetzt ganz abschweife, aber ich glaube, es war
derselbe Abend, an dem ich Pilze genommen hatte.
Ich war zu Hause und langweile mich wieder einmal. Doch ich
hatte Pilze. Ich zog mir ein weißes Hemd und eine schwarze
Krawatte an, dann aß ich die Pilze. Eine Stunde später war ich
voll drauf und traf mich mit Fabi bei den Zügen. Wie gesagt,
wir fuhren zu Markus nach Kagran.
Diese Fahrt war wirklich komisch. Ich war so high, dass ich
Fabi über Würmer reden hörte. Keine Ahnung, warum gerade
Würmer, aber er erzählte davon. Als ich ihn nüchtern danach
fragte, sagte er nur, er habe nie über Würmer geredet.
Beim Umsteigen zu den U-bahnen trafen wir auf ein paar
Polizisten. Ich fand es wohl witzig und verhielt mich so absurd,
wie es nur ging. Natürlich hatte ich Fabi gesagt, worauf ich

war, und dieser schaute, dass er mich so normal wie möglich an den Polizisten vorbeibrachte.

Zwischendurch machten wir bei der Donau halt, denn ich musste pissen. Wir rauchten eine Zigarette und gingen wieder zur U-Bahn. In Kagran angekommen, mussten wir nur noch den Bus nehmen. Fabis Handy läutete.

Er wusste genau, was jetzt passieren würde. Er würde Sex haben. Nur, nüchtern wollte er das nicht. Wir gingen zum nächsten Würstelstand und holten uns Bier. Wir tranken. Und tranken und tranken. Drei Bier später hatte Fabi einen Pegel erreicht, bei dem ihm sein erstes Mal Sex nicht allzu komisch vorkam.

Er ging und nahm einen Bus in eine andere Richtung. Ich fuhr zu Markus. Bei meinem letzten Bier hatte ich mich am Verschluss geschnitten. Genau in den Daumen. Ich bemerkte es nicht. Als ich dann bei Markus ankam, war mein weißes Hemd blutverschmiert. Ich war also blutig und auf Pilzen mit einem Bier in der Hand bei Markus. Dieser wollte nur wissen, wo ich Fabi gelassen hatte. Ich erzählte ihm alles. Er musste lachen. Freute sich aber genauso wie ich.

Fabi hatte jetzt sein erstes Mal erlebt und das machte ihn mutiger, was Frauen anging. Er arbeitete neben der Schule am Samstag in einem großen Möbelhaus. Dort lernte er Jessica kennen. Jessica war Deutsche und ein bisschen punkig. Er stand eindeutig auf sie und sie hatte gerade mit ihrem Freund Schluss gemacht und war in Feierstimmung. Ob aus Trauer oder Freude, weiß ich nicht. Es kam dazu, dass wir uns zu dritt in einem nahe gelegenen Billardlokal verabredeten. Gleich als ich sie sah, dachte ich mir: „Verdammt, ist die geil!" Sie hatte einen mittellangen Haarschnitt. Blond und pink gefärbt. Dazu noch ein Piercing an der Lippe und viel Kajal. Genau mein Fall. Was Fabi von ihr wollte, wusste ich nicht. Schließlich war er eher auf der edlen Seite des Lebens. Nicht so abgefuckt wie ich. Markenklamotten und eine silberne Uhr. Abgeschleckte Haare und immer das Hemd in der Hose. Ja, so schaute er aus. Also was wollte er von einem Punkmädchen? Wir trafen uns und verstanden uns alle gut. Wir tranken Bier. Eines nach dem anderen. Ich konnte gar nicht anders, als für sie zu schwärmen. Es war ihre Sprache. Sie hatte einen deutschen Dialekt und dieser war zum Anbeten. Eines war mir klar: Fabi war mein Freund und er wollte was von ihr. Also war sie für mich tabu. Das machte mich nur noch geiler auf sie.

Doch an diesem Abend ging sie nicht mit mir nach Hause. Sie ging mit Fabi. Sie verbrachte das ganze Wochenende bei ihm. Doch Sex hatten sie keinen. Warum auch immer. Keine Ahnung.

Tage vergingen. Fabi redete viel von Jessica und malte sich schon die tollsten Sachen aus. Aber er war ein Mann und ein Arsch. Eine Woche später fickte er einfach eine andere. Nicht nur irgendeine, sondern meine Exfreundin Sabrina.

Sabrina und ich hatten nach langer Zeit wieder Kontakt aufgenommen. Sie fragte, ob ich bei ihr vorbeikommen würde, um etwas zu trinken. Ich sagte Ja. Wollte aber nicht alleine dort auftauchen. Ich war mit Luna zusammen und wollte mich nicht extra in eine schwierige Situation bringen. Ich wusste, wie fickrig Sabrina wurde, wenn sie getrunken hatte. Ich fragte Fabi, ob er mich begleiten würde. Er sagte Ja.

Ich erzählte ihm von Sabrina und ihrer Art. Dass sie, wenn sie betrunken war, jeden ficken würde und er es nicht ausnützen sollte, wenn es dazu käme. Er versprach mir, nichts zu machen. „Hey Mann, sie ist deine Ex. Nie würde ich!", sagte er.

Wir fuhren also zu ihr. Als wir bei ihr angekommen waren, floss das Bier. Eines nach dem anderen. Irgendwann dann wurde Sabrina wie immer fickrig. Zuerst versuchte sie es bei mir. Doch ich zeigte ihr die kalte Schulter. Dann wandte sie sich Fabi zu. Und dieser war, wie man sich schon dachte, ein Arsch. Irgendwann, als ich in die Küche Bier holen ging, sah ich die beiden danach aufeinander sitzen. Ich wurde wütend. So richtig. Ich sagte dann zu beiden: „Hey, ich werd jetzt gehen. Kommst du, Fabi?"

„Nein, ich bleib noch etwas hier", sagte er und ich wusste, was passieren würde. Die beiden würden miteinander ficken. Dabei hatte er es mir versprochen und es war ja nicht so, als hätte ich ihn nicht vorgewarnt. Doch er schiss auf unsere Freundschaft und ging lieber ficken. Wahrscheinlich hätte ich es an seiner Stelle auch so gemacht. Aber ich war nun mal ich. Also musste ich mir was überlegen. Am nächsten Tag bestätigte mir Sabrina, was passiert war. Als ich Fabi nach diesem Abend fragte, stritt er alles ab. Erst als ich ihm sagte, was mir Sabrina erzählt hatte, sagte er: „Okay. Wir hatten Sex."

Ich war wütend. Vielleicht hätte ich auch auf Sabrina wütend sein sollen, aber von ihr hatte ich mir nichts anderes erwartet. Von ihm allerdings schon. Ich musste mir was überlegen. Da gab es immer noch Jessi, von der er nach wie vor viel erzählte. Ich entschied mich, mich mit ihr zu treffen. Ich hatte ihre Nummer nicht, aber ich wusste, dass sie in einem sozialen Netzwerk unterwegs war. Also meldete ich mich auch dort an und fand sie. Ich war noch immer mit Luna zusammen und liebte sie sehr. Aber mein Hass war größer. Ich wollte Fabis Jessi ficken. Nur aus Hass, nicht weil sie geil war, aber das war sie.

Ich entschied mich, mich von Luna zu trennen, denn betrügen wollte ich sie nicht. Auch wenn ich hoffte, dass wir irgendwann wieder zusammenkommen würden, wusste ich eigentlich nicht, was das alles sollte. Aber ich wollte es so und zog es durch. Ich machte mit Luna Schluss, und keine zwei Minuten drauf verabredete ich mich mit Jessi.

Wir trafen uns alleine, ohne Fabi, und gingen in einen Club in die Stadt. Wir tranken und tanzten. Ich war eigentlich kein Typ, der tanzte, aber das war was anderes. Ich wusste, was ich wollte. Wir tanzten also und sie rieb sich eh schon an mir wie sonst was. Dann küsste ich sie und sie stieg drauf ein. Es dauerte nicht lange und wir landeten in dem nächstbesten Taxi in Richtung zu mir nach Hause. Wir waren ineinander verschlungen und ich schaffte es gerade noch so, dem Taxifahrer meine Adresse zu sagen.

Kaum waren wir bei mir angekommen, ging es weiter. Ich begann sie auszuziehen. Dann zog ich mich aus. Doch gerade als es zur Sache gehen sollte, bremste sie mich und sagte: „Nicht beim ersten Treffen!"

„Wir haben uns doch schon einmal gesehen, Kleine!"

„Ja, aber das war anders. Ich will warten."

Ich wurde wütend. Ließ mir aber nichts anmerken. Schließlich wollte ich sie nicht vertreiben, sondern die Sache beenden. Sie schlief bei mir. Arm in Arm lagen wir da und ich dachte nur an Luna. Doch dann kam mein Hass wieder und ich fokussierte mich auf mein Ziel.

Die Woche drauf war das Donauinselfest. Ich verabredete mich mit Jessi dafür und sie sagte zu. Wir gingen gemeinsam hin und es dauerte nicht lange, bis wir tranken und uns in den Armen lagen. Es war ein magisches Donauinselfest. Wahrscheinlich das beste, das ich je erlebt hatte. Als die meisten Bühnen zusperrten, entschieden wir nach Hause zu fahren. Zu ihr nach Hause. „Bei sich zu Hause sind Frauen sowieso immer entspannter", dachte ich mir. Also fuhr ich mit, gerne sogar.

Als wir im Zug zu ihr nach Hause saßen, bemerkte ich kleine Schnitte an ihrem Handgelenk. Nicht längs, als würde sie es ernst meinen, sondern quer wie ein Ritzer. „Verdammt, was ist das für eine Kranke", dachte ich mir. „Aber vielleicht steckt was dahinter und ich frag mal besser nach", war mein zweiter Gedanke. Sie erzählte mir von ihren Eltern und dass sie von dort einfach wegmusste. Deswegen war sie auch nach Österreich gekommen. Um von ihren Eltern weg zu sein. Ich schüttelte innerlich nur den Kopf.

Als wir bei ihr zu Hause angekommen waren, dauerte es nicht lange und wir lagen im Bett. Dieses Mal musste ich sie nicht ausziehen, das übernahm sie. Sie wurde feucht, aber ich nicht hart. Ich hatte doch mehr getrunken, als ich dachte, aber spätestens als sie anfing, an meinen Fingern herumzusaugen, wurde er hart und wir fickten.

Ich hatte mein Ziel endlich erreicht. Aber was hatte ich dafür aufgegeben. Fabi war mir egal, aber Luna. Nur für diesen mittelmäßigen Fick mit einer recht feschen Frau hatte ich sie verlassen. Und natürlich um meinen Hass zu stillen. Vielleicht war das Ganze ein riesiger Fehler.

20.

Mein Leben lag in Scherben, wie man so schön sagt. Also irgendwas war kaputtgegangen. Irgendeine Verdrahtung im Hirn war durchgebrannt. Ich stand auf einmal ziemlich alleine da. Meine sogenannten Freunde wollte ich nicht mehr sehen und eine Freundin hatte ich nicht. Es gab nur mich und die Schule. Ich musste mich konzentrieren. Ich wollte nicht noch eine Klasse wiederholen. Ich wollte etwas Ruhe in mein Leben bringen.

Wilde Wochenenden lagen hinter mir und die Schule vor mir. Ich redete mit fast niemandem mehr. Mir wurde alles egal. Mein Therapeut hatte mir zu dieser Zeit Antidepressiva verschrieben. Ich nahm sie gerne. Nur noch mit ihm konnte ich reden. Wir trafen uns einmal in der Woche. Die Therapie machte mich mit der Zeit auch müde. Ich hatte das Gefühl, nichts geht voran. Als würde sich alles um mich herum bewegen und nur ich still dastehen.

Nach der Schule ging ich meistens auf ein Bier in mein Lieblingspub. Alleine. Ich lernte ein paar Stunden und trank meistens drei Bier. Wenn ich keine Lust mehr auf Lernen hatte, verließ ich das Pub. Jedes Mal wurde ich von der Sonne geblendet. Es war immer noch früh am Tag. Zu früh für meinen Geschmack. Das Lokal zu verlassen war zwar ein Fehler, besonders wenn es draußen noch nicht dunkel war, aber ich war gelangweilt. Trinken machte keinen Spaß und für die Schule etwas zu tun machte erst recht keinen Spaß.

So vergingen Wochen. Therapiestunde. Schulstunde. Pubstunden. Soziale Kontakte pflegte ich gar nicht mehr. Nichts machte Spaß.

In der Schule hatte ich gerade viel im Labor zu tun. GC. HPLC. Titrationen und noch anderen Scheiß. Wir waren am Anfang des Jahres in Zweier-Teams eingeteilt worden. Jede Arbeit sollte von zwei Schülern gemacht werden. Mein Partner hieß Dieter. Er war zu dieser Zeit der Einzige, den ich interessant fand. Er hatte eine lustige Art und ich musste immer viel lachen. Das erste halbe Jahr arbeiteten wir gut zusammen. Wenn einer von uns später auftauchte, machte der andere keinen Stress und es wurde normal miteinander gearbeitet. Wir waren gut in dem, was wir taten. Manchmal arbeiteten wir halb mit anderen zusammen. Meistens weil wir helfen konnten. Oft mussten Christine und Staci unsere Hilfe in Anspruch nehmen. Sie waren bei jeder Arbeit die, die nach uns an der Reihe waren. So kam es halt dazu, dass sie uns oft ausfragten und ihre Arbeit mit unserer verglichen. Vor jedem Arbeitsbeginn mussten wir eine Besprechung mit einem unserer Professoren abhalten. Mein Lieblingslehrer in diesem Labor war ein kleiner Mann mit langen Haaren und Bart. Er schrie immer die Schüler an, die vor der Schule rauchten, da sein Bürofenster gleich beim Schuleingang war. Auch mich schrie er an. Gleich an meinem ersten Tag bei ihm sah er mich rauchend vor der Schule. Mein Laborpartner Thomas kam an diesem Tag zu spät.

Wir machten einen guten ersten Eindruck. Der eine kommt immer zu spät und der andere geht andauernd eine rauchen. Aber der Professor machte auch Eindruck auf uns. Er arbeitete neben der Schule in einem Drogenlabor, wo er den THC-Gehalt von zum Beispiel Cannabis untersuchte. Es kam dazu, dass es in seinem Büro, welches gleich mit dem Labor verbunden war, immer nach Haze roch. Zu einem befreundeten Schüler hatte er sogar mal gesagt: „In eurer Mittagspause trinkt kein Bier, sondern raucht lieber Gras." So einer war er also. Es war die zweitbeste Laborzeit, die ich an dieser Schule hatte. Sogar als mein Laborpartner krank wurde und nicht mehr in die Schule kam. Drüsenfieber. Er lag mehrere Wochen im Bett und konnte nicht mehr kommen. Ich musste also jede Arbeit alleine machen. Meine Zwischennoten wurden schlechter. Schließlich war es immer angedacht, dass man die Arbeiten mit jemandem zusammen macht.

Aber ich hatte noch immer meistens Christine und Staci neben mir. Und man konnte mit den beiden zumindest diskutieren, wie es wohl am besten zu machen wäre.

Manchmal kam ich selber nicht mehr ins Labor. Dadurch rutschten meine Noten richtig ab. Am Ende des Jahres, als alle anderen schon mit allen Arbeiten fertig waren, musste ich welche nachholen. Alleine natürlich. Ich rannte wie ein Verrückter im Labor herum und machte an einem Tag drei Arbeiten. Ich schaffte es auch, und die Professoren ließen mich in Ruhe.

Ich hatte mir mein Bier verdient. In letzter Zeit hatte ich viel getrunken. Leider machte es mich nicht gerade glücklicher. Als ich mich wieder im Pub befand und realisierte, dass ich das Labor geschafft hatte, aber wahrscheinlich in drei anderen Fächern einen Fünfer kassieren würde, dachte ich: „Was betäubt mehr als Alkohol?"

Hatte ich mir einmal etwas in den Kopf gesetzt, wurde das auch gemacht!

21.

Ich fand mich auf einer kalten, dunklen Straße wieder. Es
regnete und wir standen unter dem Dach einer Busstation. Es
war spät am Abend und der nächste Bus würde erst in 45
Minuten kommen. Aber das war nicht unser Hauptziel. Wäre
jedoch super, wenn wir diesen gleich nehmen könnten und
nicht noch länger hier herumstehen müssten.
„Der da?!"
„Ja, versuchen wir's."
„Wie viel nimmst du?"
„Zwei sollten reichen, du?"
„Einen, hab gerade nicht mehr."
„Okay, schnell. Komm."
Sabrina und ich gingen raus aus dem Bushäuschen und
gingen direkt in den Regen hinein. Wir wollten uns
Straßenheroin kaufen, wenn es denn funktionieren würde.
Und ja, es funktionierte. Wir hatten den richtigen Typen
angesprochen. Er verkaufte uns drei Kugeln. Dann rannten
wir wieder zum Bus und warteten. Eine rauchten wir noch
und dann kam er auch schon.
Wir stiegen ein, ins Warme, und rieben uns zuerst einmal die
Hände. Es würde noch eine Weile dauern, bis wir bei Sabrina
zu Hause ankommen würden. Es war mitten unter der Woche
und schon spät in der Nacht, aber ich hatte anderes als
Schlafen im Kopf. Zumindest wollte ich anders schlafen, als
sonst üblich war.
Wir fuhren mit dem Bus so gut wie vor ihre Haustür. Ein
bisschen noch durch den schlimmsten Regen, den ich je
gesehen hatte, und wir würden endlich stoned werden.
Ich konnte keinem erklären, was ich eigentlich wollte. Nicht
mir. Meinem Therapeuten. Meiner Familie und meinen
Freunden nicht. Nicht einmal Sabrina wusste, was ich mache.
Sie war zwar meistens dabei, aber halt nur Zuschauerin und
nicht Autor. Ich wollte sterben. Langsam.
Es dauerte keine 10 Minuten und wir waren stoned, als wir in
ihre Wohnung kamen. Die Abende sind mir alle sehr schlecht
in Erinnerung geblieben, aber so wie ich Sabrina kannte,

kamen wir sicher über irgendein politisches Thema ins Gespräch. Sofern Reden noch möglich war.

Wir schnupften das Zeug nur und schossen es uns nicht in die Venen. Doch meistens, wenn die Sonne schon wieder aufging, konnten wir nicht mehr reden. Wir saßen uns nur in ihrer Wohnung gegenüber und hörten Punkrock.

Irgendwann dann schaute ich auf die Uhr und erkannte, es war Zeit für die Schule. Ich machte mir nichts daraus, dass ich ausschaute, als hätte ich drei Tage durchgezecht. War ja auch irgendwie so.

Ich schnappte meine Sachen und mein Zeug und ging außer Haus. Wieder einmal die Sonne. Ich setzte mir eine Sonnenbrille auf und ging meinen Weg zum Bus. Auf dem Weg zur Schule besorgte ich mir noch einen starken großen Kaffee und dann konnte alles beginnen. Unterricht. Schulkollegen. Professoren.

Anders konnte ich die Scheiße, die jeden Tag um mich herum war, nicht mehr ertragen. Das erzählte ich sogar meinem Therapeuten. Doch auch zu ihm ging ich nur noch stoned. Ich konnte es nach einer gewissen Zeit nicht mehr verstecken. Die Anzeichen waren für viele zu sehen.

Vor dem Matheunterricht in der ersten Stunde tuschelten meine Klassenkameraden untereinander. Leider über mich und nicht über die Hausaufgabe. So wie ich das mitbekommen hatte, waren die meisten zu meiner Ex Luna gerannt und hatten sich erkundigt, wie es mir geht. Als hätten sie von mir keine Antwort bekommen. Die hätte ihnen vielleicht nur nicht gefallen. So was wie: „Willst du mich verarschen? Kümmer dich lieber um dein Leben." So stereotyp für einen Junkie. Zumindest wenn er gerade nüchtern ist.

Und das war ich mehr oder weniger. Ich nahm in der Schule nie Heroin. Immer nur davor und ganz viel danach. Es waren verrückte Zeiten. Aber irgendwie schaffte ich das Schuljahr doch noch. Ich ging in ein Substitutionsprogramm und ließ das Heroin hinter mir und auch Sabrina. Wir hatten zwar keinen Sex oder sonst was, aber irgendwie doch eine Beziehung am Laufen. Eine Drogenbeziehung. Das wollte ich irgendwann nicht mehr. Vielleicht war es mein Therapeut, der mich darauf brachte, oder es war, weil Luna wieder in mein Leben trat.

Es war komisch, denn ich empfand so etwas wie Ruhe in meiner gepeitschten Seele. Wahrscheinlich die Drogennachwirkungen der vielen Opiate.

22.

Mit Staci verband mich immer noch eine starke Freundschaft. Auch nachdem ich sie liegen gelassen hatte wie nasses Brot. Es dauerte seine Zeit, aber es wurde wieder. So kam es, dass ich zu ihr nach Tulln eingeladen wurde, um dort mit ihr und Freunden den Geburtstag von Stacis bester Freundin zu feiern.

Ich war schon einige Male vor diesem Abend in Tulln gewesen, weil ich Staci zu Hause besucht hatte. Es war meiner Meinung nach eine verschlafene kleine Stadt. Doch wie auch in meinem Bezirk, wo es doch eher sehr ruhig zugeht, sind die Leute speziell. In Tulln kennt jeder jeden. Die Jugend sowie die Alten trinken gerne mal einen. Alles nichts Besonderes. Doch die Partys, die die Leute geben, sind doch irgendwie anders.

Es war eben der Geburtstag von Stacis bester Freundin. Es waren so viele Leute eingeladen. Man konnte gar nicht zählen. Denn irgendeiner ging in der Zwischenzeit sicher auf das Klo oder sonst wohin. Es wäre einem nicht aufgefallen. Das wäre beim Zählen sicher einige Male passiert, und dadurch, dass es so viele waren, wäre es einem nicht aufgefallen. Sinnlos zu zählen.

Es waren unter anderem viele alte Bekannte aus unserer Schule eingeladen worden. Was die alle und auch ich eigentlich hier auf dieser Party verloren hatten, wusste ich nicht. Ich kannte ihre beste Freundin von ein paar Abenden, an denen Staci sie mitgenommen hatte. Sie hatte irgendwie eine „Sex and the City"-Einstellung. Ich weiß nicht genau, welche von den Damen sie am besten beschreiben würde, aber ich weiß, es drehte sich alles um Sex.

Die Party war in einem Keller angelegt. Dieser war riesig und mit allem ausgestattet. Bar, WCs und Musikanlage. Man konnte gar nicht anders, als überall über irgendwelchen kitschigen Happy-Birthday-Kram zu stolpern. Ballons.

Luftschlangen. Andauernd derselbe Song. Der mich ein Bier nach dem anderen trinken ließ. Es war nicht mein Tag.

Ich kann mich noch erinnern, dass es sehr kalt war, und es hat leicht geregnet. Irgendwann stand ich mit ein paar Leuten auf der Straße. Unten im Keller ging es richtig ab. Es kam ein Stripper für das Geburtstagskind und irgendwann nach der Show drückte mir das Geburtstagskind einen Dildo in die Hand. Mit dem Dildo in der Hand und dem angetrunkenen Geburtstagskind vor mir fühlte ich mich irgendwie aufgefordert zu handeln. Es ging zu wie im Zirkus. Das war zu viel für mich. Wie gesagt, es war nicht mein Tag.

Es kam dazu, dass wir zu fünft bei Stacis Oma zu Hause landeten. Alle sehr angetrunken und noch in Feierstimmung. Die Oma war natürlich nicht da. Ich kann mich eigentlich nur noch an Staci und Carl erinnern. Aber wir waren mehrere, am Anfang. Ich weiß nicht mehr, wie oder warum es dazu kam, dass ihre Oma nicht da war, aber sie war das ganze Wochenende nicht zu Hause.

Wir plünderten die Hausbar und gingen dann alle sehr besoffen schlafen.

Am Morgen nach so einer heftigen Sauferei mochte ich es, weiter zu trinken. Ich war nicht alleine.

Die anderen Leute in der Wohnung hatten auch Durst. Es war eine spontane Eingebung aller Leute,

den heutigen Tag auch noch hier zu verbringen. Wir drehten die Musik auf, rauchten am

Balkon unsere Zigaretten und gingen irgendwann alle zum Supermarkt. Wir aßen und tranken weiter.

Den Alkohol aus der Hausbar ersetzten wir nicht, dafür kauften wir uns neuen ein. Wir tranken bis

spät in die Nacht hinein. Es war eine lustige Gruppe von Leuten. Allen voran Staci und Carl. Wahrscheinlich kann ich mich deswegen nur an die beiden erinnern. Wir lachten viel und irgendwann kam der Nachbar rüber. Wir waren wirklich alle miteinander sehr laut. Noch dazu rauchten wir nur am Balkon und von dort hallte alles doppelt und dreifach so laut durch die Wohnhausanlage.

Wir versuchten leiser zu sein. Der zweite Abend wurde nicht lange ausgekostet. Wir waren alle noch besoffen von dem Tag davor.

Am dritten Tag, den ich in Tulln verbrachte, waren dann nur noch Carl, Staci und ich in der Wohnung.

23.

Zwei Jahre, nachdem ich den Abschluss gemacht hatte, lernte ich eine Frau kennen. Sie arbeitete in einer Bäckerei bei mir in der Nähe und so kam es dazu, dass wir uns recht oft sahen. Ich kaufte nie etwas bei ihr. Ich ging immer nur vorbei und schaute, ob sie da war. Meistens trafen sich unsere Blicke und sie lächelte mich an. Das war dann immer ein guter Start in den Tag.

Luna und ich hatten nach der Schule beschlossen, uns auch mit anderen zu treffen. Eigentlich nur sie. Ich wollte noch immer eine Beziehung. Wie dumm war ich eigentlich. Als hätte ich nicht gewusst, dass sie die Falsche war. Als hätte ich weiter leiden wollen. Unsere Beziehung, die wir hatten, war schon etwas Besonderes, aber nicht, weil es Liebe war. Es war der Hass, den wir aufeinander hatten. Wenn Luna ehrlich zu sich gewesen wäre, hätte sie gewusst, dass sie mich eigentlich nicht leiden kann. Es hatte gar nicht so viel damit zu tun, dass ich ein schlechter Mensch bin, sondern eher damit, dass wir unterschiedliche Dinge voneinander wollten. Und zwar immer. Wir waren nie auf einer Linie. Immer gab es Streitereien. Und ich konnte gar nicht damit umgehen, dass sie sich mit anderen traf.

Doch dann kam dieses Bäckermädchen in mein Leben und Luna interessierte mich immer weniger. Wir trafen uns zwar noch regelmäßig zum Vögeln, aber das war es dann auch schon. Ich hasste mich nach jedem Sex mit dieser Frau. Es waren ihre verdammten Brüste, von denen ich nicht wegkam. Sie waren groß, prall, milchig, mit rosa Nippeln. Perfekt! Der Rest war Durchschnitt. Guter Durchschnitt. Aber es waren wohl ihre Brüste, die mich so lange an sie fesselten. Und nicht der Rest. Der Charakter war es jedenfalls nicht. Im Großen und Ganzen war sie ein schrecklicher Mensch, der alles um sich herum verschlingt und dann wieder angekaut ausspuckt. Ich versuchte mich von ihr zu lösen und da kam mir die Bäckerin gerade recht. Sie war süß in ihrer Uniform, und ich

überlegte, wie ich sie ansprechen sollte. Ich überlegte drei
Wochen lang. Redete mit meinem kleinen Bruder darüber, mit
dem ich zu dieser Zeit viel Kontakt hatte. Er sagte eigentlich
nur dazu, dass er sich nicht trauen würde, einfach so ein
Mädel anzusprechen. Ich war auch nicht der große Fan davon,
aber wie sollte ich sie sonst kennen lernen? Lustigerweise kam
es in der Zeit, als ich überlegte, wie ich sie ansprechen sollte,
dazu, dass wir auf der gleichen Veranstaltung waren. Ich sah
sie. Sie mich nicht. Sie war angetrunken und schrie irgendwas
in der Gegend herum. Da dachte ich nur: „Das Mädel weiß,
wie man feiert."
Doch ansprechen wollte ich sie auf der Party nicht. Wäre nicht
der richtige Moment gewesen. Da wäre ich nur irgendeiner von
vielen Idioten gewesen, die versuchten ein betrunkenes Mädel
rumzubekommen. Ich wartete noch ein bisschen und dann an
einem Samstag zu Mittag ging ich in die Bäckerei hinein. Ich
weiß nicht mehr, was ich kaufte, aber ich weiß noch, wie
nervös ich war. Sie kam zu mir und lächelte mich an. Sie
schien mich zu erkennen. Nicht von der Party, sondern von
den vielen Malen, an denen ich an ihr vorbeigegangen war.
Sie hieß Annett und gab mir mit Freude im Gesicht ihre
Nummer, als ich fragte, ob sie mal was trinken gehen will. Ich
wartete, bis sie von der Arbeit aus hatte, dann schrieb ich ihr
eine SMS. Wir schrieben einander viel. Annett hatte eine ganz
eigene Art, SMS zu schreiben. Man wusste eigentlich nie,
worum es ging. Sehr komisch. Das machte mich neugierig.
Und zu lachen hatte ich auch viel. Als ich Freunden die SMS
zeigte und was wir so geschrieben hatten, musste jeder
lachen. Man hätte die Texte aufheben müssen, so lustig waren
die.
Als wir uns dann das erste Mal trafen, war sie ganz anders, als
man es erwartet hätte. Sie war nervös. So nervös, dass sie zu
unserem Date ihren besten Freund mitnahm. Ich war ein
bisschen verwirrt, aber okay, dachte ich. Vielleicht hätte sie
sich sonst gar nicht mit mir getroffen.
Wir gingen also zu dritt in die Stadt, setzten uns zur Donau
und tranken Bier. Wir unterhielten uns gut, auch wenn
eigentlich nur ihr bester Freund redete. Annett war, wie
gesagt, etwas nervös, wenn es nicht gerade per SMS zur
Unterhaltung kam. Ich bemerkte aber bei den nächsten paar

Treffen, dass sie nur zu mir so war. Sonst war sie eine Frau mit einer ziemlich großen Klappe. Und das mochte ich. Zum Glück wurde sie mit der Zeit lockerer und wir hatten dann viel Spaß miteinander.

Das erste Mal, als wir miteinander vögelten, nahm sie mich mit zu sich nach Hause. Ich wusste nicht, dass sie noch zu Hause bei ihren Eltern wohnte. Wir schlichen uns irgendwann früh am Morgen in die Wohnung. Wir gingen in ihr Zimmer und dann legte sie los. Ich hatte doch gewusst, dass dieses Mädel ein Kracher im Bett war. Und ja, das war sie. Sie stöhnte so laut, dass ich zwischendurch dachte, ich würde ihr weh tun. Dabei war sie es, die mir weh tat. Sie hatte meinen Rücken als Kratzbaum missbraucht. Am nächsten Morgen sah ich erst, wie blutig mein Rücken war. Sie entschuldigte sich dafür und sagte, wenn ich das nächste Mal Squash spielen ginge und mich in der Umkleide einer danach fragen würde, sollte ich sagen, ein Waschbär wäre bei mir eingebrochen. Ich musste lachen und ging aufs Klo. Es war früh am Morgen und ich dachte nicht darüber nach, dass noch jemand anderer in der Wohnung war. Und zwar ihre Eltern und ihre zwei kleinen Brüder.

Als ich auf dem Klo war, unbekleidet, hörte ich, wie eine Tür aufging und eine Frau versuchte, die weinenden Babys zu beruhigen, die ich vorher gar nicht gehört hatte. Wir waren so laut gewesen, dass wir alle aufgeweckt hatten. Und jetzt war ich auf dem Klo eingesperrt und wollte nicht mehr raus. Ich wollte doch nicht igendwelchen Eltern begegnen. Zumindest nicht jetzt in dieser Situation. Ich wartete, bis die Babys aufhörten zu schreien und ich wieder hörte, dass sich Türen öffneten und schlossen. Keine Ahnung, wie lange ich mich auf dem Klo eingesperrt hatte, aber als ich dann endlich rauskam und keiner da war, war ich froh. Ich legte mich zu Annett, die schon schlief, und versuchte zu schlafen, aber das Bett war zu klein für uns beide, wenn wir nicht gerade aufeinander, sondern nebeneinander lagen. Irgendwann schlief ich dann doch, halb auf ihr drauf, ein.

Am nächsten Morgen, der noch immer derselbe Tag war, wachte ich alleine in einem fremden Zimmer auf. Annett war nicht mehr neben mir. Ich zog mich verschlafen und verkatert an und ging aus dem Zimmer. Die ganze Familie hatte sich zum Frühstück versammelt. Gott, war mir das unangenehm. Schließlich hatten uns alle gehört. Doch ihre Eltern begrüßten mich nett und fragten, ob ich was essen wolle. Ich sagte: „Nur Kaffee." Fragte dann, wo ich eine rauchen könnte. Draußen im Garten mit meiner Zigarette in der Hand und in der anderen den Kaffee überlegte ich, wie oft Luna schon mit anderen geschlafen hatte, seitdem wir kein fixes Paar mehr waren. Der Gedanke ekelte mich an und ich schmiss meine Zigarette weg, um wieder hineinzugehen.

Drinnen trank ich meinen Kaffee aus und verabschiedete mich dann von Annetts Eltern. Annett brachte mich zur Tür, gab mir einen Kuss auf die Lippen und fragte mich, ob wir das wiederholen wollen. Ich küsste sie zurück und sagte: „Klar, aber das nächste Mal bei mir, da sind wir ungestörter."

Die nächsten Male trafen wir uns bei mir zu Hause. Ich wohnte in einer alten Wohnung. Die Wände waren dünn und Annett ein richtiger Schreihals im Bett. Es blieb so wie beim ersten Mal. Sie schrie und zerkratzte mir den Rücken. Irgendwie stand ich drauf. Was etwas uncool war, war, als meine Nachbarin mich im Stiegenhaus traf und mich fragte, was letzte Nacht bei mir los gewesen sei. Sie habe schon rüberkommen wollen, weil sie nicht schlafen konnte. Annett und ich hatten uns die halbe Nacht geliebt.

Nach dieser Unterhaltung mit meiner Nachbarin drückte ich Annetts Gesicht fest in den Polster, wenn ich sie von hinten fickte. Da schrie sie immer am meisten. Es war noch immer laut, aber ich hoffte, dass wir so nicht alle im Haus aufweckten und keiner auf die Idee käme anzuläuten. Annett war eine Granate im Bett. Man konnte sie super von allen Seiten ficken. Sie ließ alles mit sich machen. Das war schon sehr geil. Leider konnte sie nicht blasen. Sie gab sich zwar Mühe und ich versuchte ihr irgendwie zu sagen, wie sie es besser machen könnte, aber es half nicht viel. Wahrscheinlich war das auch der Grund, warum ich mich weiter mit Luna traf. Die konnte blasen. Und wie sie das konnte. Dafür war sie nicht so geil zu vögeln, aber was soll`s, dachte ich. Die eine fick ich, und von der anderen lass ich mir einen blasen. Schönes Leben.

Annett war ein liebes Mädel und ich bekam ein schlechtes Gewissen, wenn ich mich mit Luna traf. Denn das wollte ich eigentlich nicht mehr. Nur meinem Schwanz hatte das keiner gesagt. Doch Annett bemerkte nichts. Ich glaube, es lag daran, dass sie mir vertraute. Oder blind vor Liebe war. Keine Ahnung. Ist auch egal.

Ich habe mich wie das letzte Arschloch verhalten und das weiß ich auch. Aber ich hatte Spaß mit Annett und wollte das so schnell nicht aufgeben, nur weil ich mir hin und wieder einen blasen ließ. War sowieso sehr unpersönlich. Hätte auch zu einer Nutte gehen können. Aber für so was geb ich kein Geld aus.

Annett und ich waren in der Nacht viel unterwegs. Sie hatte viele Freunde, die alle etwas schräg waren. Ich fühlte mich eigentlich nur wohl, wenn ich trank. Natürlich tranken alle, also würde ich nicht sagen, dass ich ein Problem hatte. Schließlich trank ich nur am Abend und nicht in der Früh oder den ganzen Tag. Immer wieder gingen wir in die Stadt fort. Auch Konzerte besuchten wir. Annett und ich hatten einen sehr ähnlichen Musikgeschmack. Was die Wahl unserer Abendbeschäftigungen vereinfachte. Manchmal trafen wir uns auch mit einem befreundeten Paar. Die beiden tranken viel. Immer wenn wir uns sahen, stürzte ich total ab. Ich würde zwar gerne sagen, dass ich noch nie in ein Taxi gekotzt habe, aber leider ja.

Eines Abends waren wir bei den beiden zu Hause und tranken. Und tranken. Und tranken. Ich hatte mich schon einmal bei ihnen zu Hause auf dem Klo übergeben, als irgendjemand auf die Idee kam, noch in die Stadt zu fahren. Wir riefen uns ein Taxi und ich stieg ein. Ich dachte, einmal Kotzen wäre genug und ich würde die Fahrt überleben, aber dem war nicht so. Ich schloss während der ganzen Fahrt meine Augen und versuchte nicht zu kotzen. Als wir ankamen und der Fahrer den Preis nannte, griff ich noch zum Türgriff, aber da war es schon zu spät. Ich kotzte vor mir auf die Füße. Es war nicht viel und außerdem nur Flüssigkeit. Also tat ich so, als wäre nichts gewesen, und stieg einfach aus.

Annett musste dann die Sache mit dem Fahrer ausbaden. Er wollte eine Reinigung gezahlt haben, aber sie fragte ihn, ob er deppert sei, und bezahlte nur den vorher genannten Preis.

Dann gingen wir in einen Club. Die Mädels wollten tanzen. Ich wollte nur noch ein Bier und meine Ruhe. Dieses befreundete

Paar, ich weiß den Namen leider nicht mehr, war ein Hammer. Er war echt gut dabei, wenn es ums Trinken ging. Während ich kotzte, trank der Typ einfach weiter und schien eigentlich immer nüchterner zu werden. So was hatte ich noch nicht gesehen. Drinnen angekommen, bestellte ich mir ein Bier und setzte mich an die Bar. Die anderen gingen tanzen. Ich trank das eine Bier langsam aus und musste mich trotzdem nochmals übergeben. Diesmal auf dem Klo im Club. Als ich zurückkam, stellte ich das restliche Bier weg und sagte der Kellnerin: „Gib mir heute keinen Alkohol mehr. Nur Wasser oder Limonade."

Ich kippte ein ganzes Glas Wasser hinunter und ging dann auf die Tanzfläche, die anderen suchen. Die Mädels waren miteinander am Tanzen, während der halbe Club den beiden zusah, wie sie sich auf der Tanzfläche langsam auszogen. Ich schaute eine Weile zu und beschloss dann, dem Ganzen ein Ende zu machen. Der Abend war für mich gelaufen. Ich hatte keinen Spaß mehr. Dass die beiden tanzten, war mir egal. Nur das Sabbern der anderen Typen war ekelhaft. Ich weiß nicht mehr, wie lange wir in diesem Club gewesen waren, aber Annett hatte ihren Spaß gehabt, sagte sie und somit kein Problem, wenn wir fahren würden. Wir verabschiedeten uns von den anderen beiden und riefen uns abermals ein Taxi. Nach unserem ersten Abend zusammen war Annett bei ihren Eltern ausgezogen. Wir waren jetzt recht viel bei ihr zu Hause. Ihre Wohnung lag einfach zentraler in der Stadt als meine. Bei ihr angekommen, drehte ich mir erst mal einen Ofen. Nach so einem harten Abend kiffte ich gerne. Annett hatte früher viel gekifft, hatte sie mir erzählt. Und wollte nicht wieder damit anfangen. Hin und wieder zog sie ein, zwei Mal dran. An diesem Abend auch. Wir setzten uns auf ihre Couch und rauchten. Irgendwann küsste ich sie und begann sie zu lecken. Danach fickte ich sie in den Arsch und ging dann glücklich, aber kaputt schlafen.

24.

Gehen wir ein paar Jahre in die Zukunft. Ich stehe kurz vor meinem 27. Geburtstag. Vieles ist irgendwie gleichgeblieben.

Vor zwei Tagen habe ich mich mit meinem Vater getroffen. Er versteht noch immer nicht, warum ich in Therapie gehe. Er versteht mich wohl nicht. Oder vielmehr das ganze Konzept des Weiterentwickelns. Er ist noch immer der gleiche. Und ich?

Ich tu es ihm nach. Ich will nicht sagen, dass ich mir nicht Mühe gebe, aber manches ändert sich eben nicht. Ich war nach dem Treffen mit meinem Vater, bei dem ich seine neue Frau etwas besser kennen lernen konnte, auch wenn sie unsere Sprache noch nicht lange spricht, noch unterwegs. Ich traf mich mit einer alten Freundin. Staci. Wir hielten jetzt seit gut 10 Jahren Kontakt zueinander. Ich will nicht sagen, dass es immer gleich viel ist, aber ja. Wir treffen uns recht regelmäßig. So wie eben vor zwei Tagen.

Viele Jahre sind seit meinem ersten Bier verstrichen und ich trinke immer noch recht gerne. Und so gingen Staci und ich in ein Irish Pub. Eine Freundin vor ihr hatte für 10 Leute einen Tisch reserviert und jeder konnte kommen und gehen, wie er wollte. Sehr zwanglos.

Ich kam etwas später. Ich hatte schon bei dem Treffen mit meinem Vater einen weißen Spritzer getrunken. Er blieb nüchtern. Ich konnte mir das nicht antun. Es blieb nicht bei dem einen Spritzer. Es war eine bunt gemischte Gesellschaft. Manche gingen und manche kamen. Ich trank meinen Spritzer und unterhielt mich nett mit Staci. Wir redeten über Gott und die Welt. Zum Beispiel erzählte ich ihr von meiner Schwester, die mit 22 jetzt das dritte Kind bekam, von dem dritten Mann. Also um es noch einmal zu verdeutlichen: Sie hatte schon zwei Kinder von zwei Männern und jetzt das dritte von dem dritten. What the hell! Na ja, Staci fand es lustig und ich kann auch darüber lachen. Zum Glück ist meine Schwester ein sehr lieber Mensch und ich habe sie schon beim Umgang mit ihren Kindern gesehen. Sie macht es schon gut, nur mit den Männern hat sie kein Glück.

Die Minuten vergingen und ich schaute in die Runde. Neben mir saß eine Freundin von Staci. Ich kannte sie schon etwas länger, da mich Staci immer in die Runde einlud. Immer dieselben Leute. Also wir kannten uns. Leider hatte ich sie schon zweimal ziemlich besoffen angegraben und war damit nicht gelandet. Aber was soll's, dachte ich mir. Ich rede gerne.

Wahrscheinlich hör ich mich einfach selber gerne. Wir unterhielten uns. Sie trank jetzt Bier. Wir unterhielten uns über Tätowierungen und über Bücher. Danach über Serien und Psychologie, was sie auch studierte, auf einer Privat-Uni. Das Irish Pub sperrte zu und die Kellner warfen uns raus. Wir waren immer noch eine Gruppe von fünf Leuten und gingen in einen Club. Staci war schon etwas müde, oder nennen wir es betrunken, und schlief im Club ein, während der Beat immer schneller wurde.

Die anderen bestellten sich Hochprozentiges und zündeten es sich gegenseitig im Mund an. Ich machte bei so etwas nicht mit. Warum auch immer. Wahrscheinlich, weil ich einfach nicht um 5 Uhr in der Früh mit so etwas anfangen wollte. Verdammt, konnten die alle saufen. Keiner kotzte. Sehr verwunderlich. Früher ist immer wer kotzen gegangen, und wenn ich es war. Manche Sachen ändern sich doch.

Auch der Club sperrte zu und der Türsteher schmiss uns etwas nervös raus. Er wollte wohl nach Hause. Kann ihn verstehen. Es war spät oder sehr früh. Staci fragte ihre Freundin, ob sie bei ihr schlafen konnte, und ich sagte so etwas wie: „Wenn es noch ein Bier gibt und dann einen warmen Schlafplatz, bin ich dabei." Ich wollte mir kein Taxi nehmen und nach Hause fahren. Ich war seit drei Jahren arbeitslos und das spiegelte mein Kontostand wider. Stacis Freundin sagte, es sei kein Problem. Sie lebte in einer großen Altbauwohnung mit zwei anderen zusammen.

Wir waren nur noch zu dritt. Staci, ihre Freundin und ich. Bei ihr angekommen, holte sie jedem ein Bier. Und wir tranken noch ein bisschen und unterhielten uns. Die Uhr zeigte mittlerweile 8.30 Uhr an. Morgens. Staci, die schon im Club geschlafen hatte, trank das halbe Bier und legte sich dann an Ort und Stelle nieder. Ich unterhielt mich mit ihrer Freundin und in einem Moment, in dem ich es mir nie gedacht hätte, küsste sie mich. „Verdammt, habe ich Halluzinationen?", war einer von vielen Gedanken zu diesem Thema. Na ja, wir küssten uns. Es machte verdammt viel Spaß. Keine Ahnung, wie lange das so ging. Sie sagte nur immer wieder, Staci würde sie hassen. Jetzt dachte ich natürlich darüber nach, was sie über mich denken würde. Würde sie mich hassen, wenn ich mit ihrer Freundin etwas Speichel austauschte? Ich versuchte

an etwas anderes zu denken. Also genoss ich einfach die
Berührung. Doch als Staci aufwachte und sich darüber
beschwerte, dass wir das genau neben ihr machten, während
sie versuchte zu schlafen – und ich glaube, daran lag es, dass
sie etwas böse war –, sagte ihre Freundin, sie würde jetzt
schlafen gehen. Vielleicht war auch ich es, der es müde und
betrunken sagte. Keinen Plan. Auf jeden Fall ging sie vom
Wohnzimer in ihr Zimmer. Ich schloss die Augen an Ort und
Stelle und schlief ein.
Hätte ich mitgehen sollen?

25.

Keine Ahnung, welches Jahr wir schrieben. Ich war auf der
größten Einkaufsstraße von Wien unterwegs. Der Mariahilfer
Straße. Es war spät am Abend und es muss kalt gewesen sein,
denn ich trug meine Lederjacke. Wir waren unterwegs in einen
Club, der sich Pi nannte. Es war ein Gothic-Club für alle, die
halt auf so etwas stehen. Wie auch immer.
Ich hatte wie so oft schon einen sitzen und war etwas am
Wanken, als wir den Club betraten. Da waren Fabi, der Nazi
oder Bonehead, Markus mit seinem schwarzen langen
Ledermantel und seine Freundin. Diese war nicht besser als er
gekleidet. Aber verdammt, was soll ich sagen, auch ich trug
Leder. Vielleicht war es ansteckend. Keine Ahnung, aber auf
jeden Fall passte ich irgendwie in diesen Club.
Ich hatte kein Problem damit, an dem Türsteher vorbei zu
wanken und mir ein Bier zu bestellen. Ich schaute mich im
Club etwas um und fand im Keller einen Darkroom. Dort war,
wie der Name es schon sagte, alles dunkel. Ich konnte nichts
sehen. Ich machte drei Schritte hinein. Und drei wieder
heraus. Ich weiß nicht genau, aber dort waren die Leute, glaub
ich, ziemlich am Ficken. Auch wenn die Musik verdammt laut
war, konnte man sie hören. Es war komisch so im Dunkeln.
Ich treibe es lieber, wenn es hell ist.
Oben setzte ich mich zu den anderen und schwieg. Trank
mein Bier und rauchte eine Zigarette.
Wir machten eigentlich immer das Gleiche. Lokale besuchen.
Einen trinken gehen. Warum das Ganze, könnte man sich

fragen, aber dafür war ich zu betrunken. Also blieb es dabei, dass ich wie die anderen an meiner Zigarette zog und ein Bier nach dem anderen bestellte.

Ich war seit diesem Abend nie wieder dort. Warum auch? Der Darkroom war zwar eine lustige Sache für sich, aber ich hatte andere Vorstellungen von einem amüsanten Abend.

Ich stelle mir das Ganze ungefähr so vor.

Ich gehe hinaus aus meiner Wohnung und hole eine Frau ab. Ich nenne sie einfach mal Luna. So wie ich alle Frauen Luna nenne. Ich begrüße sie und nehme sie an der Hand, um sie zu mir zu führen. Wir kommen bei mir an und wir beginnen zu reden und zu trinken. Dann hole ich die Karten raus und wir spielen um Kleidungsstücke. Irgendwann küssen wir uns heftig und dann ficken wir auf Porno Art. Keine Liebe! Nein, harter, schweißtreibender Sex.

Könnte auch eine Nutte sein, nur dass man die nicht küssen darf. Kommt nur auf einen Versuch an, aber wenn sie einem dann eine reinhaut, darf man sich nicht wundern.

Ist doch egal. Ein paar Schläge kann man schon einstecken. Egal.

Das Lokal mit dem Namen Pi war wie jedes andere auch. Nur betrunkene Idioten anwesend. Einer davon war ich.

In der Innenstadt trieben sich die merkwürdigsten Menschen herum. Betrunken und auf der Suche nach Liebe und einem Lokal, welches noch offen hatte. Auch unsere kleine Gruppe ging oft in die Stadt. An einem Geburtstag von Fabian tranken wir so viel Bier in unserem Stammlokal, dass es ihnen ausging. Sie hatten keines mehr. Wie konnte denen nur das Bier ausgehen an so einem Tag? Ich weiß noch gut, wie die kleinen Tische in dem noch kleineren Lokal mit Bierflaschen vollgestellt waren. Wir waren eine große Gruppe damals und der harte Kern, wie man so schön sagt, war auch dabei. Diejenigen, die dabei waren, wissen das schon, somit muss hier jetzt nicht extra genannt werden, wer dazugehörte.

Wir sangen und tranken. An diesem Abend waren wir alle der singende, tanzende Abschaum der Welt. Und wir hatten unseren Spaß dabei. Bis das Lokal zumachte – nicht aus Gründen der Bewirtung, nein wir haben auf sauren Apfel gewechselt, sondern weil es Sperrstunde war. Wir gingen hinaus und es war bitterkalt an diesem Tag. Es war Mitte

Jänner. Fabi, der schon gut beieinander war, ging voraus. Leider übersah er in seinem Rausch, dass vor ihm ein Stiegenabgang war. Er flog geradeaus hinunter. Wie alle Betrunkenen verletzte er sich nicht. Nicht an diesem Abend. Der Abend, an dem er sich betrunken seine vorderen Zähne ausgeschlagen hatte, war viel lustiger gewesen. Das war auch irgendwann im Winter gewesen. Es muss das Maturajahr gewesen sein. Denn am Tag der Matura flog ihm der Zahnersatz heraus, den sie ihm auf die Lücke draufgeklebt hatten.

Ich war nicht dabei, denn ich hatte ein paar Stunden davor auf einer Party einen Streit mit ihm gehabt. Wir waren wie so oft zusammen unterwegs und gingen einen trinken. Fabian hatte die Angewohnheit, viel zu reden, wenn er getrunken hatte. Ich hatte lange nicht zugehört, was er da so von sich gibt. Und ich weiß auch, warum, denn als ich es versuchte, kam mir nur Scheiße entgegen.

Er prahlte mit seinen Frauengeschichten, dabei war er einer von der Sorte, die einer betrunkenen Frau an die Titten fassen, während sie ihren Rausch ausschläft.

Ich zuckte aus, schrie ihn an und beschimpfte ihn, dann holte ich mir noch ein Bier von der Bar, meine Jacke und ging auf eine andere Feier. Fabi ließ ich dort stehen. Er hatte sich in seinem Ärger dann noch die Kante gegeben und beim Versuch, über die Gleise zu gehen, auf seinem Heimweg war es dann passiert. Er rutschte aus und schlug sich die vorderen Zähne aus. Das habe ich leider nicht gesehen. Was ich aber gesehen habe, war, wie ein Schulkollege von mir in Liechtenstein bei einem Sprung auf eine Stiege ausrutschte und sich auch die vorderen Zähne ausschlug. Verdammt, der hat vielleicht geschrien!

Nachdem wir das Lokal verlassen hatten, ging die Geburtstagsfeier noch weiter. Ein großer Teil von uns fuhr mit dem Auto nach Niederösterreich raus, zu Blue nach Hause. Dort angekommen, tranken wir noch ein Bier und etwas mehr und gingen dann alle schlafen. Am nächsten Morgen war die Stimmung am Tiefpunkt. Nur bei mir nicht. Ich hatte die Angewohnheit, wenn ich schon so trinke, am nächsten Tag, wenn auch nicht extrem, weiterzumachen. Ich hatte also schon ein Bier in der Hand, als endlich alle munter waren.

Wir frühstückten zusammen und schauten dann noch etwas fern, bevor wir uns alle auf den Weg nach Hause machten.

Ich glaube, alle, die an diesem Abend dabei waren, haben vom Alkohol mindestens zwei Wochen Abstand gehalten.

26.

Im Hier und Jetzt.
Sie war gerade hier. Ja, was soll ich sagen? Bin ich schwach oder stark? Was ist aus uns beiden geworden? Wir haben einander einst so geliebt. Jetzt ist davon nichts mehr da. Nicht dass sie nicht gut ausschauen würde. Nein. Sie ist einfach nicht die Richtige. Und wird es auch immer sein. Das kann ihr keiner nehmen. Sie war immer die eine. Die eine Falsche. Und das beziehe ich nicht auf ihren Charakter, sondern auf uns beide als Paar.
Lange, ja lange hat es gedauert, das zu erkennen. Was ist da nur passiert? Als wir noch zusammen gewohnt hatten, fing es mit einem kleinen Streit an. Meine Zigaretten. Ich wollte in der Wohnung rauchen, sie nicht. Sie hatte keine Chance gegen mich. Ich rauchte im Wohnzimmer und blies ihr den Rauch ins Gesicht. Nur um es zu verdeutlichen. Irgendwann ist sie ausgezogen und irgendwann kurz darauf hatte sie einfach einen neuen Freund. Ich suchte mir eine neue Freundin und trotzdem trafen wir uns und fickten. Wir hintergingen beide unsere Partner. Was für ein Arsch bin ich eigentlich? Und was ist sie für einer?
Leider muss ich sagen, ein ziemlich perfekter. Der Hintern ist echt Hammer. Aber na ja, das schlag ich mir aus dem Kopf. Ich will einfach mit der Person nichts mehr machen. Es macht irgendwie nicht viel Spaß. Tut mir eh irgendwo leid. Wir konnten früher so gut miteinander. Zumindest dachte ich mir das. Na ja, lange ist es her. Wahrscheinlich hätten wir nie zusammenziehen sollen. Wahrscheinlich hätten wir nie miteinander reden sollen.
Doch zwischen der einstweiligen Verfügung und meinem Psychiatrieaufenthalt ist viel Zeit vergangen. Und jetzt war sie hier. Du warst hier.

Was soll ich davon halten? Eine dumme Idee. Und ich werde bei so etwas nicht mehr mitmachen. Ich will einfach nicht mehr. Das muss man doch verstehen. Und dieses Mal hat sie den Kontakt gesucht. Und ich bin auch glücklich darüber. Froh, dass es ihr gut geht. Mehr wünsche ich mir nicht für sie. Es soll ihr einfach gut gehen. Leider ist einfach, einfach geschrieben. Man kann nur das Beste hoffen. Und wenn du noch immer auf denselben Typ Mann reinfällst, solltest du dein Geld von deiner Therapeutin zurückverlangen. Ist doch lächerlich. Ein Abziehbild eines Abziehbildes. Such dir endlich einen guten Typen! Nicht immer diese Totalversager.
Schau dir mich an. Ich hasse mich dafür, dass ich mit dir rede. Es tut weh. Und ich habe eigentlich gar keine Lust auf so was. Deswegen werde ich dir bei der nächsten Gelegenheit sagen, dass es das war. So in die Richtung: Wir sehen uns vielleicht in 20 Jahren wieder. It's a long slow goodbye. Ich brauch halt etwas Vorlauf. Ich muss die richtigen Worte wählen, sonst glaubst du ja wieder, ich hasse dich.
Nein, hassen tu ich dich nicht. Nur mit dir zu reden macht auch keinen Spaß. Ich hoffe, ich kann es dann noch besser sagen.
Ich bin halt enttäuscht, dass du nicht die Richtige warst. Ein kleiner Streit konnte uns den Rest geben, meiner Meinung nach. Und das sagt schon einiges. Es war nur eine Zigarette. Natürlich waren es 20 davon am Tag. 7 Tage die Woche. Ja, das kann nerven. Aber scheiß drauf! Mir doch egal. Und da ist des Pudels Kern. Es war und ist mir egal.
Wir hätten die Sache anders angehen müssen. Doch darüber will ich jetzt gar nicht nachdenken. Denn was würde es bringen? Du hast einen Freund, habe ich über ein paar Ecken erfahren. Warum du dich dann anonym um 2 Uhr in der Früh bei mir meldest und mit mir ein Gespräch anfängst, in dem ich gar nicht wusste, wer du bist, ist mir ein Rätsel.
Ich meine, ganz ehrlich, was sollte das? Danke dafür, dass du es gemacht hast. Aber schon komisch. Sei mal ehrlich zu dir selbst. Ich weiß, das ist nicht einfach. Ich kann es auch nicht. Und jetzt sag ich es dir ja. Es ist komisch. So etwas macht man nicht. Schon gar nicht, wenn es um uns geht. Verdammt, es hätte nicht viel gefehlt und ich hätte so Sachen sagen

müssen wie: „Sorry, ich wusste nicht, dass sie geladen war."
Das zeigt schon, wie schwierig es zwischen uns war.
Na ja, Kleine. Ich nannte dich nie so, aber jetzt find ich es gut.
Also, Kleine, viel Glück und ich hoffe, du liest das nie. Sonst
kann ich mich nicht mehr rausreden. Dann steht es ja
schwarz auf weiß. In einem anderen Leben vielleicht? In
diesem nicht mehr.
Ist das ein Abschluss? Keine Ahnung. Vielleicht wird es noch
dauern oder vielleicht wird es auch immer wieder auftauchen
genauso wie eine Persönlichkeitsstörung. Wer kann das schon
sagen? Ich versuche auf jeden Fall etwas Ruhe einkehren zu
lassen und mich nicht so sehr an meine Zigaretten zu
klammern.